QUEM MATOU O LIVRO POLICIAL?

Luiz Antonio Aguiar

QUEM MATOU O LIVRO POLICIAL?

2ª edição

Rio de Janeiro | 2011

CIP-BRASIL. CATALOGAÇÃO-NA-FONTE
SINDICATO NACIONAL DOS EDITORES DE LIVROS, RJ

A23q Aguiar, Luiz Antonio
Quem matou o livro policial? / Luiz Antonio Aguiar. – 2ª ed.
2ª ed. – Rio de Janeiro: Galera Record, 2011.

ISBN 978-85-01-08875-8

1. Romance infantojuvenil. I. Título.

10-3573

CDD: 028.5
CDU: 087.5

Copyright © Luiz Antonio Aguiar, 2010

Capa: Leonardo Iaccarino
Ilustração de capa: Mauricio Veneza

Texto revisado segundo o novo Acordo Ortográfico da Língua Portuguesa.

Direitos exclusivos desta edição reservados pela
EDITORA RECORD LTDA.
Rua Argentina 171, Rio de Janeiro, RJ – 20921-380 – Tel.: 2585-2000

Impresso no Brasil

ISBN 978-85-01-08875-8

Seja um leitor preferencial Record
Cadastre-se e receba informações sobre nossos
lançamentos e nossas promoções.

EDITORA AFILIADA

Atendimento e venda direta ao leitor
mdireto@record.com.br ou (21) 2585-2002

Uma boa história de mistério é como uma caixa, que você abre e nela encontra uma caixa menor, que você abre e nela encontra uma caixa menor ainda, que você abre e nela encontra outra caixa menor ainda... Em certa altura o leitor se pergunta quando vai chegar à última caixinha, e nesse momento está totalmente possuído pelo mistério da história.

RAVEN HASTINGS,
em entrevista concedida
de local ignorado, via Internet.

Prólogo: *Assassinatos na Biblioteca*

Eram 8:17 da manhã de segunda-feira, dia 22 de maio, quando a suspeita, de nome *Ágata-Maria Malovan*, de 15 anos, entrou na Biblioteca Clarissa Aranha, localizada no Largo da Literatura. Testemunhas relatam que traía tensão no rosto e estava bastante agitada. Ela se dirigiu ao balcão de atendimento e, numa voz atropelada, disse:

— *Mmhsjtfffr GGtrara MMxxtj...*

— Como? — estranhou a bibliotecária, de nome Patrícia Altaferro.

A suspeita tomou fôlego e disse, então:

— Meu seminário é no primeiro tempo da tarde. — Diante da incompreensão da sua interlocutora, Ágata disse: — Eu tinha esquecido! Socorro! Você tem de salvar minha vida!

— Mas sobre o que é seu seminário, Ágata? — perguntou a bibliotecária, que conhecia a suspeita de outros episódios parecidos.

— É sobre... — foi dizendo a garota, então brecou, resmungou qualquer coisa para si mesma e abriu a agenda. — Táqui... *Guerras Acontecendo no Mundo*!

— Ufaaa! — gemeu a bibliotecária. — Que temazinho... desagradável.

— Nem me fala. Acho que foi por isso que esqueci que tinha de fazer essa coisa. Mas, agora, tô lascada! Por favor, me ajuda, Ferrinha.

Ferrinha é o apelido pelo qual os frequentadores mais assíduos da Biblioteca chamam a bibliotecária. De acordo com o que foi registrado depois, pelo encarregado do inquérito, a senhorita Altaferro sorriu, compreensiva, e passou a procurar na Internet artigos em jornais, revistas, e logo tinha uma lista deles, que imprimiu e entregou a Ágata.

A garota, ao ver a extensão da lista, soltou um suspiro, fazendo expressão de quem está totalmente perdida e abandonada pela sorte. Balançava a cabeça sem cessar, murmurando: *Tô lascada! Tô lascada!*

— Vou digitar seu número da biblioteca aqui, daí você pode ter acesso a todo o material, num terminal de mesa — ofereceu-se a senhorita Altaferro.

Nesse momento, justamente quando a bibliotecária digitou o número de inscrição na Biblioteca da suspeita, ocorreu um incidente crucial para o caso. Na tela do computador de Patrícia Altaferro surgiu um aviso programado:

— Ágata... — disse a bibliotecária.

— Que foi? Acabaram as guerras do mundo de repente? Daí, meu seminário é cancelado e eu...

— Que gozado... estranho mesmo...

— O que foi? — disse a garota aproximando-se.

— É que eu jurava que esse livro não estaria disponível.

— Que livro, Ferrinha?

—*Assassinatos na Biblioteca*, do Raven Hastings.

Subitamente, ao que fomos informados, os olhos da suspeita brilharam e ela avançou para a senhorita Altaferro, como se fosse passar por cima do balcão.

— Não me diga? Que maravilha! Mas tinha uma fila de espera na minha frente.

— Era o que eu pensava, ainda mais que houve um atraso na entrega. Mas, não, a primeira reserva aqui está no seu nome. Deve ter havido desistências.

Sem suspeitar de nada, Patrícia Altaferro digitou o comando para que o referido livro fosse descido pelo elevador interno, de modo a entregá-lo, indefeso, à suspeita.

Nesta altura, é preciso que se diga que Raven Hastings é atualmente o autor mais popular de novelas, ou *livros*, policiais. Estreou há cerca de seis anos e, daí em diante, foi um best seller mundial atrás do outro. Entre os aficionados do gênero, tem fãs ardorosos pelo mundo todo e nossa cidade, conhecida como a Capital Mundial da Literatura, não podia deixar de acompanhar tal tendência. Os leitores sempre aguardam ansiosos a chegada dos lançamentos de Hastings. O autor, que mora secretamente, ao que se sabe, na cidade de Nova York (embora haja quem afirme que ele reside na Ilha de Creta, na Grécia, ou em outras localidades ainda mais exóticas), é, segundo informaram os amigos, a atual paixão novelesca de Ágata-Maria, a suspeita, uma aficionada, algo febril, de histórias policiais. Talvez seja importante registrar aqui que Ágata-Maria, segundo comentários incessantes na cidade, tem um comportamento estranho, ou, nas palavras de alguns de seus conhecidos e de colegas (não necessariamente apenas os adversários) do Clube Diógenes, "faz umas esquisitices... muitas esquisitices... Ela *é* esquisita". Entre essas esquisitices, uma das mais notáveis é parar de repente no caminho (a suspeita usa a bicicleta como meio de transporte sempre que pode) para examinar as copas das árvores e os postes à sua volta. É que, para alguns conhecidos mais próximos, ela já confidenciou que, em criança, teve visões dos seres que a crendice mágica chama de *fadas*. Quanto ao *Assassinatos na Biblioteca*, a imprensa vem chamando muita atenção para este lançamento de Hastings, e alguns escrevem até mesmo que se trata de sua melhor novela, a mais misteriosa, o crime mais bem engendrado, o assassino mais surpreendente, para não falar na trama do desvendamento do mistério em si, que parece ser absolutamente genial. Não que esses comentários, provavelmente originados no marketing da editora de Hastings, tenham importância para o caso, o crime cometido aqui, mas sim que o seguinte diálogo se desenvolveu a seguir entre a suspeita e a bibliotecária:

— Bem, você não precisa pegar agora — disse a Bibliotecária, ainda referindo-se a *Assassinatos na Biblioteca*. — Pode fazer seu seminário primeiro e depois, no final da tarde, volta e ele vai estar guardadinho para você.

— Não! — exclamou enfaticamente a suspeita. — Vou levar agora! Me dá!

— Ora, Ágata, não precisa ter medo. Ninguém vai pegar o livro antes de você. Seu nome está aqui na reserva.

E o problema é: conheço muito bem você. Se levar agora, vai querer dar uma *olhadinha* e, daí, seu seminário...

— Eu prometo que não abro o livro. Vou preparar meu seminário, juro. Quer dizer, uma boa droga de seminário que vai sair, assim na corrida. Mas, pelo menos zero eu não tiro. E juro que não abro o livro do RH. É que... puxa! Eu esperei tanto por ele... É como se o RH tivesse escrito ele *só para mim*. — (Chamamos a atenção de todos para estas obcecadas palavras da suspeita, entreouvidas por testemunhas e confirmadas pela bibliotecária, e que têm profunda significação para o caso em tela.)

— Bem — lamentou Altaferro —, mas... Ora, você é quem sabe.

A partir daí, pelo que fomos informados, nada de mais aconteceu pelas três horas seguintes, quando então a biblioteca, a esta altura cheia, escutou estarrecida o berro logo identificado como dado por ninguém mas ninguém menos do que a própria Ágata-Maria Malovan. Foi algo terrível, que soou como: *AAAAIIIIEEEEEIIIIIcccc!*

A reação não se fez esperar. Todos na biblioteca pararam o que estavam fazendo e voltaram-se para ela, sobressaltados; alguns correram para a mesa onde estava Ágata, num dos terminais de computadores, e, quando a bibliotecária chegou perto, a garota estava tremendo, rosto em fogo, engasgada e possessa, com *Assassinatos na Biblioteca* aberto na mesa diante dela, na página 8. Ágata apontava para a referida página, onde o nome de um personagem, Umberto Dupino, também identificado na novela como Berto, fazia na dita página sua primeira aparição na história. O nome estava destacado escandalosamente com um círculo em caneta vermelha grossa, tipo hidrocor. Ao lado, na margem da página, havia uma anotação, feita também com caneta hidrocor vermelha: "**Este é o assassino.**"

E assim foi revelado o maior mistério do livro. Estava irremediavelmente assassinado a sangue-frio e com requintes de crueldade o único exemplar existente na cidade da mais recente e mais aguardada novela policial de Raven Hastings. Ninguém mais poderia lê-la sem, logo na página 8 (justamente, note-se, numa altura em que o livro já conquistara o leitor para o seu mistério e quando esse mesmo leitor já pegara o gostinho pela leitura, que a seguir seria frustrado brutalmente), dar com a resposta sobre quem é o criminoso de *Assassinatos na Biblioteca*.

Gaguejando, no que foi depois interpretado como parte de sua encenação e álibi, a suspeita disse, sempre aos berros:

— Quem fez isso...? Quem foi que matou este livro policial?

E o caso é que, dadas as circunstâncias relatadas, parece que nenhuma outra pessoa poderia ter cometido tal crime, a não ser a própria Ágata-Maria Malovan.

1
O GABINETE DE LEITURA AUGUSTO DUPINO
(fundado em 1875)

Em *Assassinatos na Biblioteca*, como é mais do que óbvio, a trama é sobre assassinatos que ocorrem numa biblioteca; no caso, chamada Gabinete de Leitura Augusto Dupino, localizada em Baltimore, EUA, onde Raven Hastings situa todas as suas novelas.

O Gabinete foi fundado por um estranho personagem, Augusto Dupino, nascido em 1841. Dupino era um homem rico, cujo passado, antes de aparecer em Baltimore, era desconhecido. Ele era notório por suas surpreendentes manias. Vez por outra, a imprensa, na página de *óbitos e ocorrências locais*, noticiava mais uma de suas excentricidades. Ao que se sabe, era viúvo, tinha uma filha, Frances-Elsie, mas ninguém no mundo a quem pudesse chamar de amigo, ou que convivesse mais próximo a ele — incluindo aí a filha, que estudava em Paris, tendo se transformado numa especialista na biologia de animais exóticos, ou algo do gênero.

De fato, para muitos baltimorianos, não foi nada espantoso quando Dupino comprou uma imensa mansão em ruínas, numa rua decadente da cidade — conhecida entre todos simplesmente como *Rua M*, como se evitassem dizer seu nome completo, ou por haver histórias apavorantes sobre essa rua na lembrança de todos, ou sabe-se lá por que motivo.

Tratava-se de uma mansão de pedra, com uma muralha superior destacando todo o setor central, ameias, torreões pontudos e gárgulas horrendas, com seus rabos, suas bocarras, chifres e presas afiadas, parecendo prestes a dar o bote em quem espiasse de baixo. Não havia quem não sentisse arrepios quando erguia a vista e dava com os olhos oblíquos, ameaçadores, famintos daqueles demônios de pedra, do tamanho de grandes leões.

Era algo, mesmo na época, que parecia fora do tempo, pelo menos *daquele* tempo; para não se dizer logo que parecia fora do mundo, do *nosso* mundo.

Enfim, uma mansão dessas sobre a qual a gente sempre deixa aberta, no fundo da mente, ou em nossos pesadelos, a possibilidade de os mortos não morrerem de vez, pelo menos não nos quartos, salões e masmorras do prédio; e, se não surpreendeu os habitantes da cidade, nem a imprensa local ficou espantada que Dupino a apreciasse o bastante para comprá-la; o destino que lhe daria, quando foi divulgado, deixou todos de queixo caído: "Ora, de todos os usos e fins, este seria o menos sensato...", é o que diziam. Augusto Dupino anunciou que a mansão seria transformada numa biblioteca, ou melhor, num gabinete de leitura.

"E quem vai ser maluco de entrar lá para pedir um livro emprestado?", comentavam, sorridentes, os baltimorianos. E outros, menos sorridentes, diziam: "Quem fizer isso corre o risco de nunca mais conseguir sair..."

Mal sabiam que não estavam de todo errados.

É bom esclarecer que a diferença entre uma biblioteca e um gabinete de leitura é que este, a rigor, não *empresta* livros. Ou seja, não deixa ninguém levar os livros do seu acervo para casa. Quem quisesse, entretanto, poderia lê-los nos seus salões, isso se a madeira escura que forrava as paredes, com nós que mais pareciam olhos em sua superfície — lançando sobre quem os fitasse profecias de perdas e trágicas reviravoltas na vida —, ou outra coisa qualquer, própria da natureza lúgubre da mansão, não tornasse o tempo passado ali dentro por demais opressivo.

O primeiro assassinato do Gabinete de Leitura Augusto Dupino ocorreu justamente no ano da morte de seu fundador, 1909, e a vítima foi a bibliotecária que, havia mais de trinta anos, trabalhava lá. Seu nome era Virginia Roget. Seu corpo foi encontrado, gélido e azulado, com uma expressão de terror e terrivelmente contorcido, na seção de Livros do Grotesco e do Arabesco, onde estavam todos os livros com histórias estranhas, sobrenaturais e congêneres. A causa da morte não foi determinada.

O que se dizia então é que ela *morreu de medo*.

E mais: os jornais sensacionalistas imediatamente saíram com uma história, sobre o ciúme que o velho Dupino tinha de *seus* livros; assim, o crime foi atribuído... (Ora, quem sabe? Ora, tudo é possível) ...ao fantasma de Augusto Dupino, que estaria assombrando o Gabinete.

Ao longo do século XX, aproximadamente 25 mortes ocorreram na biblioteca, todas mais ou menos semelhantes. As demais vítimas, embora encontradas em condição e aparência menos impressionante do que Virginia Roget, também não tiveram a causa de suas mortes determinada com precisão. Fora os desaparecimentos que, boato ou não, vez por outra vitimavam frequentadores, os quais — havendo sido vistos no Gabinete, ou tendo seus nomes anotados no registro de retirada de livros, em determinado dia ou noite (o Gabinete nunca fechava) — parecia que viravam fantasmas. Quer dizer: sumiam!

E volta e meia retornava à imprensa, depois ao rádio, e finalmente à tevê, quando esta surgiu, a história do espírito atormentado de Augusto Dupino que, por alguma razão, cismava com determinados viventes, frequentadores do Gabinete, e os matava. O terror no rosto das vítimas era sempre explicado pela última visão que esta tivera — a de seu algoz, o assassino sobrenatural, o cadáver decomposto de Dupino.

Augusto Dupino deixou a biblioteca para a população de Baltimore. Com frequência, alguns moradores da cidade lamentavam o presente — e isso apesar do acervo precioso em livros e de certas histórias que circulavam, e que poderiam despertar ainda mais o interesse das pessoas. Dizia-se que Dupino ocultara no Gabinete um tesouro. Nada se sabia sobre o que seria esse tesouro, mas se acreditava que a história estava ligada aos assassinatos. A maior parte das pessoas, no entanto, com mais sensatez, aparentemente, acreditava que não havia tesouro nenhum.

Ou melhor, que nenhum tesouro poderia ser mais valioso do que o inacreditável, realmente sem preço, acervo de livros, sendo alguns preciosidades raras e insubstituíveis, que Augusto Dupino, apesar de todas as suas estranhezas, deixara para uso público — e instalados numa enorme mansão, junto com um fundo em dinheiro, aplicado em bancos sólidos, destinado a manter o acervo crescendo e bem cuidado.

O Gabinete era o paraíso de leitores, estudiosos e pesquisadores, que vinham visitá-lo, vindos do mundo inteiro, nem que fosse apenas para passear por seus já lendários salões. Qualquer um, de qualquer país do planeta, que amasse a leitura, assim dizia o livro de Hastings, teria necessariamente como sonho, e mesmo obrigação moral, algum dia, fazer uma peregrinação ao Gabinete Dupino. Não bastassem os livros, havia todo o mobiliário antigo. Os grandes carrinhos que transportavam livros — das mesas para as estantes e vice-versa — eram peças feitas sob encomenda por Dupino, de madeira rara, deslizando o tempo todo pelos salões, empurrados por funcionários diligentes como formigas, sempre rearrumando as estantes ou suprindo os leitores. Havia ainda as próprias estantes e mesas, os lustres — era praticamente um museu. Mas *vivo*, em uso e com funcionamento ininterrupto.

O que reacendeu em Baltimore os rumores sobre o Gabinete de Leitura Augusto Dupino foi o fato de que, depois de mais de vinte anos sem nenhuma ocorrência funesta, mal veio o ano de 2009 e, no espaço de menos de uma semana, três assassinatos, além de um comprovado desaparecimento, ocorreram na mansão da *Rua M*. Foi, mais uma vez, morta a bibliotecária, Carlota Hopkins, e dois outros funcionários. A pessoa desaparecida era uma jovem frequentadora, que estava justamente fazendo uma pesquisa sobre o Gabinete e seu fundador, fato que foi bastante explorado pela imprensa sensacionalista.

Aliás, a imprensa, ávida por dar manchetes que vendessem jornais, logo levantou a história dos incidentes anteriores, assim como a tevê e as rádios. Um dos veículos descobriu, depois de muito trabalho de investigação, um tataratataraneto de Augusto Dupino, um rapaz de seus trinta e poucos anos, chamado Berto — Umberto Dupino —, que, pelo que se sabia, nunca pusera os pés no Gabinete, não era ligado em leitura e pouco sabia sobre a história da sua própria família.

Na primeira entrevista, Berto Dupino foi encontrado num dia de folga, brincando com o cachorro, um miniatura Schnauzer, no seu jardim, numa casa nos subúrbios de Baltimore. Era dono de uma pequena pet shop no bairro, e não parecia conhecer nada sobre a mansão e seus mistérios:

— Desculpem — disse ele, numa entrevista na tevê —, mas essa propriedade não é mais da minha família há cem anos. É tempo pra caramba, sabiam? Tem o nome de um... tataravô meu, não é? Ou será tatatatatataravô? Não sei nada sobre ele, e nem sei direito onde fica essa tal *Rua M*. É aqui mesmo em Baltimore?

A entrevista aparece na página 8 de *Assassinatos na Biblioteca*. Foi uma apresentação de um assassino das mais competentes, como sempre, na técnica de Raven Hastings: o assassino é passado bem debaixo do nariz do leitor, que, entretanto, mesmo assim, não desconfia dele. Aliás, está tão camuflado que o leitor logo o risca da lista de possíveis culpados. A regra é antiga: o culpado não pode cair de paraquedas no final da história (naquela cena em que o detetive explica como foi, por que foi e, finalmente, diz *quem* foi). Ele tem de vir vindo, vir vindo, e o desafio é que o autor saiba dissimulá-lo; assim como as pistas realmente relevantes não podem trair a importância que têm, quer dizer, não podem denunciar a si mesmas como pistas, aos olhos do leitor; só o detetive enxerga o que verdadeiramente são e as registra. Mas nada pode ser *escondido*; o leitor deve ter uma chance justa de *decifrar* o mistério antes de o autor revelá-lo. Se não, é traição do acordo entre o leitor e o autor. Quem não segue as regras não é bom autor de novelas policiais — e Hastings é um autor magistral.

Ora, ocorre que um sujeito que aparece na periferia (ou às vezes, dependendo do quanto o autor quer ousar, nem tão afastado assim) da história, sem razões para se suspeitar dele, justamente esse é altamente suspeito — qualquer leitor habitual de novelas policiais sabe disso.

E o autor tem de ser muito bom, muito bom mesmo, para continuar aplicando o truque.

De certa forma, é o mesmo desafio entre o toureiro e o touro. O toureiro, a cada passada de capa, quer permitir ao touro chegar o mais perto possível dele, com seus chifres, desviar-se no mais último dos segundos, e cada vez mais junto, mais junto, para aumentar o arrepio, a emoção, o assombro — e no caso da novela policial, a surpresa do leitor. O ideal é quando o leitor chega ao final e resmunga para si mesmo: *Mas como é que eu não vi logo isso?* Porque então as insinuações, pistas camufladas e tudo o que ele leu fazem um novo sentido.

Quando a bibliotecária Patrícia Altaferro, da Biblioteca Clarissa Aranha, verificou o restante do livro, constatou que aquela pichação, a da página 8, era apenas a primeira de várias outras marcas de hidrocor vermelha — o livro estava bastante *comentado* — e, num impulso, diante da chorosa Ágata-Maria, que se mostrava inconformada com a morte do livro, disse: "Mas, Ágata, todo livro novo que entra no acervo é checado, e devolvido ao fornecedor se encontramos alguma falha. Ora, esse exemplar entrou aqui ontem à tarde e a única pessoa que colocou as mãos nele, além da equipe, foi... foi..."

Todos se voltaram para Ágata. Alguns frequentadores, fãs de novelas policiais, grunhiram, indignados. Já Ágata-Maria Malovan, diante da sugestão de que era culpada do assassinato do livro policial, teve, como sua primeira reação, segundo testemunhas atentas, o medo. Mas não entrou em pânico. Leitora aficionada do gênero, alegou: "E com que caneta hidrocor eu teria feito isso, hem? Alguém está vendo uma caneta dessas na minha mão?... Querem olhar minha mochila, também?"

Dizendo isso, foi logo virando a mochila sobre a mesa, e de fato não havia nem sinais da arma do crime. Ágata vestia camiseta de alcinhas (aliás, uma camiseta do Clube Diógenes, com os dizeres na frente: "Quem foi?"), shorts de malha bem justos e sandalinhas de dedo. Ou seja, roupas simples que frustrariam qualquer tentativa de esconder uma caneta hidrocor — e esta, pelo traço no livro, seria um pouco mais grossa do que canetas comuns. Além disso, uma testemunha da cena afirma que, discretamente, fingindo apoiar a garota que chorava, ainda pra lá de nervosa, deu-lhe umas apalpadelas investigativas. Nada foi encontrado e, como se sabe, sem arma do crime não há flagrante.

Ainda por cima, algo que fez todos hesitarem, na hora Ágata choramingava:

"Como podem pensar que eu fiz uma coisa dessas? Logo eu? Logo *eu*!"

De fato, até o sinistro, ninguém poderia dizer que a suspeita teria motivos para perpetrar um crime como esse de que a acusavam.

2

SEGREDOS

Finalmente, telefonaram para a mãe da garota vir buscá-la — consideraram que Ágata-Maria estava nervosa demais para ir sozinha para casa em sua bicicleta. A mãe da suspeita, dona Janete, chegou poucos minutos depois, e Ferrinha chamou-a, antes, num canto, para um café. As duas se conheciam, já que dona Janete era também frequentadora da biblioteca. A conversa foi curta.

— O que houve aqui, Ferrinha?

— Acho melhor você perguntar à sua filha.

— Não precisa me recomendar isso, Ferrinha. É o que vou fazer daqui a pouco. Mas quero ouvir também de você.

— Bem, você sabe o quanto eu gosto da Ágata-Maria. Ela é uma garota especial...

— É sim.

— Mas bem, talvez ela esteja passando um momento difícil, você sabe...

Dona Janete soltou um suspiro. Claro que sabia o que a bibliotecária estava insinuando. E muita gente na cidade não falava de outra coisa.

— A garota não tem nada a ver com o que o pai dela andou aprontando, Ferrinha. Não é justo...

— Eu sei. Não a estou acusando de nada. Ninguém está.

— Não? Mas não foi o que eu senti lá fora. Do jeito como olhavam para ela... E os grupinhos pelos cantos?

Nesse momento, a suspeita aproximou-se e disse numa voz irritada:

— Mas o que é que vocês duas estão cochichando? Será que não tem ninguém do meu lado, aqui?

— Eu estou do seu lado, filha — disse dona Janete, abraçando Ágata-Maria. — Seja no que for, estou do seu lado. Vamos pra casa.

Já na hora de fechar a biblioteca, depois de ter o cuidado de trancar a porta do seu escritório, a bibliotecária-chefe da Biblioteca Clarissa Aranha pegou da mesa sua bolsa e tirou um pacote que chegara em seu nome pelo correio naquela manhã. Abriu o pacote, de onde tirou um livro. Era um exemplar de *Assassinatos na Biblioteca*, de Raven Hastings. Altaferro folheou o livro e, logo, com um suspiro, fechou-o e recolocou-o dentro do envelope. Guardou o envelope na bolsa, que também fechou com cuidados redobrados, e deixou seu escritório para ir para casa.

Uma última anotação... Jaime Malovan, pai de Ágata-Maria, e sua mulher estavam separados. Um ano atrás, ele simplesmente saíra de casa, sem maiores satisfações, num fim de semana em que mãe e filha estavam viajando. Não foi exatamente surpresa para dona Janete começarem a comentar na cidade que ele, agora morando num *resort* fora da cidade, estava "galinhando" (a expressão foi escutada por ela de uma vizinha, numa fila de banco, a título de *precisava lhe contar...*) feito doido. Já o dinheiro que andava gastando, sim, surpreendeu a ela e a todos, até que a Polícia Federal, numa esticada à cidade em meio a uma operação de prisão em massa, carregou-o junto para a capital do estado. Solto por um advogado, aguardava conclusão de inquérito por corrupção ativa e formação de quadrilha.

Chegando em casa, naquela noite, Ágata-Maria entrou, já gritando:

— Eu juro que não fui eu. Eu não fiz nada.

Vindo logo atrás, dona Janete ficou um instante olhando, preocupada, a explosão nervosa da filha. Ágata-Maria continuava a berrar, e agora começara a chorar. Finalmente, dona Janete sorriu, sentou-se sobre as almofadas do chão da sala e, estendendo os braços, disse:

— Venha cá, menina. Vamos conversar.

3

O CLUBE DIÓGENES

Essas pequenas criaturas são, conforme tudo indica,
nossas vizinhas, com uma pequena diferença de vibração
a nos separar delas, e logo se tornarão familiares a nós.

Arthur Conan Doyle
em *A Chegada das Fadas*, 1921.

Quando Conan Doyle, em *A Aventura do Enigma Final*, passada em 1891, matou seu célebre personagem Sherlock Holmes, houve uma onda de protestos de seus leitores — uma verdadeira comoção dos órfãos do maior de todos os detetives das histórias policiais.

Doyle acreditava que a fama de Holmes estava prejudicando sua carreira. Ou melhor, que não prestavam atenção nas outras coisas que ele escrevia, e por isso o autor não estaria recebendo o reconhecimento que merecia, como escritor à altura dos maiores clássicos ingleses.

A pressão dos fãs de Holmes forçou Doyle a ressuscitá-lo, no conto "A aventura da casa abandonada", de 1894.

Os fãs haviam ficado tão desesperadamente frustrados com a morte do detetive que passaram a chamar esse período de ausência, entre 1891 e 1894, de O *Grande Hiato*. Mais à frente, em 1910, Conan Doyle conseguiu aposentar Holmes, tornando-o um criador de abelhas. Segundo fãs-pesquisadores da vida do personagem, que tomaram para si a tarefa de continuar sua biografia, escrita, nas novelas de Doyle, por seu companheiro de aventuras, o dr. Watson, Holmes teria morrido em 1957, aos 103 anos, ou seja, 27 anos depois de seu criador.

Conan Doyle, no entanto, provocou em seus fãs outra tremenda decepção — um assunto delicado, que chega a causar brigas e rompimentos de relações no Clube Diógenes, mas que volta e meia retorna à discussão por lá. Foi quando escreveu, em 1921, o livro *A Chegada das Fadas*. Não se tratava de uma história policial. Aliás, nem ao menos era ficção. Doyle estava realmente defendendo que o mundo logo assistiria à revelação de que as fadas existem — De *vera*! Sem brincadeira! — e de que estariam prestes a se mostrar aos seres humanos.

Tudo aconteceu porque duas meninas apresentaram aos jornais londrinos fotos que haviam tirado na região de Cottingley, interior da Inglatera, onde moravam. Nessas fotos, apareciam, em meio às árvores e moitas, pequenos seres luminosos e esvoaçantes, que logo foram identificados como *fadas*.

As meninas, duas amigas, Frances Griffiths e Elsie Wrights, ficaram famosas. Houve muita discussão no país se as fotos seriam autênticas ou forjadas, foram criados movimentos e clubes de defesa da existência das fadas. Mas a maior surpresa foi quando um homem famoso, conhecido por sua inteligência, pela racionalidade de seu popularíssimo personagem, pronunciou-se não apenas a favor dos que defendiam as fotos como verdadeiras, mas escreveu o já mencionado *A Chegada das Fadas*, anunciando que o episódio indicava que logo as fadas se revelariam aos olhos de todos.

Os fãs de Sherlock Holmes ficaram sem pai nem mãe, consternados, abaladíssimos, sentiram-se traídos. Só em 1982, numa entrevista para a tevê, as duas amigas, agora senhoras de idade, admitiram que haviam falsificado as fotos, recortando as fadas em cartolina e pendurando-as nos arbustos. Mas e daí? Isso não modificou a cabeça de nenhuma das pessoas neste mundo que parecem ter nascido destinadas a acreditar em fadas.

E uma delas é Ágata-Maria Malovan.

Na verdade, bem menininha ainda, Ágata não somente acreditava em fadas, mas contava histórias e mais histórias sobre suas aventuras com fadas. No que começou a virar uma garotona, as histórias foram pegando mal. Já não eram *gracinha de criança*, sabe? Daí, pelo menos ela teve juízo bastante para parar de contar. Mas todo mundo na cidade sabe que ela acredita em fadas. Todo mundo já viu Ágata por aí, pelos lados em que ainda tem mata na periferia da cidade, ou mesmo nos parques, olhando meio que paradona para um ponto qualquer entre as folhas, e disfarçando quando alguém chega perto. E se essa mania parece muito, muito, muitíssimo à beça demais pra lá de estranha na cidade, em geral é menos estranha, somente mais ou menos estranha, no Clube Diógenes, que reúne os mais apaixonados, os mais fanáticos, os mais vidrados leitores de novelas policiais da cidade.

No Clube Diógenes, o que em todo lado é doidice — essa história de fadas —, lá foi o racha da última eleição para a presidência do clube. Havia a chapa que acreditava e a que não acreditava em fadas. Por que isso era importante para um clube de leitores de novelas policiais? Ora, essa era justamente uma das discussões mais ferventes. Havia quem dissesse que isso não importava coisa nenhuma — além de ser uma grande besteira, essa história de fadas. E havia quem gritasse que tanto importava que *Ele*, ninguém menos do que o criador de Sherlock Holmes, acreditasse em fadas e teve coragem de escrever sobre isso — e além do mais, *besteiras* e sem graça são essas novelas de detetive que estão cada vez mais tecnológicas, mais e mais *scanner* e exame feito por engenhocas; e daí, se dá para acreditar que esses superlaboratórios de investigação existem de verdade e achar que eles são detetives à altura de um Holmes, um Poirot, uma Miss Marple, um Dupin, então tinha gente que preferia, junto com Doyle, acreditar em fada e pronto.

Em suma, era a chapa maldosamente apelidada *da antiga* contra a chapa também maldosamente apelidada de *robotizada*.

Venceu o pessoal *da antiga*.

E vencer a eleição do Clube Diógenes não era brincadeira, nesta cidade que se orgulha de ter a Literatura como coisa muito séria.

Olha só quanta tradição vem junto... Nas histórias de Sherlock Holmes, ele tem um irmão mais velho, que é mais esperto do que ele, isso reconhecido pelo próprio Holmes. Seu nome é Mycroft. Mais inteligente, com maior poder de observação e dedução do que o próprio Holmes, o cara trabalha para o Serviço Secreto Britânico sem jamais sair do lugar onde *mora*. E para quem acha que o Sherlock Holmes, com suas muitas manias, é estranho, o Mycroft é muito mais. Para começar, não mora numa casa, mas num clube — desses a que no século XIX os caras elegantes de Londres iam para ler jornais, jogar conversa fora e jantar. Só que Mycroft *vive* ali. O nome do clube, você já adivinhou, não? É Diógenes.

(Como saber quem foi Diógenes não tem a menor importância nesta história, não está explicado aqui. Quem ficar curioso, que vá atrás numa enciclopédia qualquer, ou na Internet; só se dirá que o cara era um filósofo da Grécia Antiga que, em certa altura da vida, concluiu que o ser humano era um frango depenado...)

O Clube Diógenes faz muitas coisas na cidade. Promove encenações de novelas policiais, debates, oficinas de leitura, palestras, cursos. Quem é do clube defende que os truques para se contar uma novela policial são alguns dos mais refinados da arte de contar histórias; ou seja, da Literatura. O cargo de presidente do clube é bastante cobiçado. Dá cartaz, a pessoa fica famosa na cidade, recebe convites para jantares, shows, solenidades, mas tem de trabalhar muito também pelo Clube e pela difusão da Literatura Policial — que muita gente malha, ataca, critica, acha vulgar, boba. Quer dizer, ser presidente do Clube Diógenes é coisa de total *responsa*. E ganhar a eleição é uma grande honra.

Tudo isso está sendo contado para vermos se você adivinha quem ganhou a última eleição e é a atual presidente do Clube Diógenes.

Matou essa?

Ela mesma.

Ágata-Maria Malovan.

A suspeita de ter matado o *Assassinatos na Biblioteca*, ansiosamente aguardado pelos fãs de Raven Hastings. Para piorar, agora, depois do crime (ainda em investigação) cometido, os jornais da cidade resolveram que, para noticiar o caso, com foto de Ágata-Maria na primeira página, tinham também de revelar quem era o assassino de *Assassinatos na Biblioteca*. Com isso, estragaram a diversão de todo mundo que planejava ler o livro.

E tem gente na cidade dizendo que a culpa é da Ágata-Maria, mesmo ela não tendo, ao que se saiba até agora, motivos para ter cometido o assassinato do *Assassinatos...*, e nem a arma do crime, até o momento, ter sido achada. Tem quem esteja pedindo que ela renuncie à presidência do Clube Diógenes. Pelo menos até o mistério ser solucionado.

E já há um detetive-consultor (como era Sherlock Holmes, que nunca foi empregado da Scotland Yard, mas um intrometido profissional), chamado por alguns sócios do Clube — o grupo *robotizado* — para ajudar na investigação. Trata-se de um garoto que é um gênio. Um personagem que é quase uma lenda — muita gente não acredita que ele exista, mas existe, sim! Todos na cidade comentam sobre ele que jamais o verão passeando nas ruas, nem dentro de um shopping. Que não sai de casa. E que no entanto está em todos os lugares.

(Aliás, nada como um detetive meio esquisito para dar tempero a uma novela policial...)

Seu nome é Marco Polo.

4

O LARGO DAS LETRAS

Foi dois dias depois do assassinato do *Assassinatos na Biblioteca* que a até então principal suspeita, Ágata-Maria, entrou em contato com Marco Polo. O gênio detetive adolescente da Capital Nacional da Literatura apareceu sorridente na tela do laptop de Ágata-Maria.

— Olá, moça. Lindo dia, hem?

— Como é que você sabe? — desafiou Ágata-Maria.

— Que tal vir conversar comigo a céu aberto e tomar um pouco de ar puro? Corre o boato de que você se transformou numa barata gigante, e que essa imagem que eu estou vendo é truque de animação.

— E corre o boato de que você é uma homicida sanguinária.

Ágata abaixou os olhos, por um momento perturbada.

— MP, é sério, alguém tá querendo acabar comigo. Logo comigo.

— É... Tem muita coisa estranha nesse caso.

Ágata-Maria estava usando uma conexão sem fio, que cobria todo o Largo da Literatura. Quem quisesse sentava-se por lá com seu laptop e entrava na Internet. O largo tinha diversas atrações, a começar pela *Árvore das Letras*, uma linda escultura em metal, representando uma árvore em que folhas e frutas eram letras. A garota usava uma camiseta vinho-rubi, com os dizeres: "Tem um detetive escondido dentro de você."

— Eu não fiz nada contra aquele livro, MP. Juro. Você já checou o videoteipe de segurança do salão da biblioteca? Tem uma câmera diretamente apontada para a área onde eu estava.

— Apagado.

— Como é que é?

— Na verdade, não é um videoteipe. A imagem é gravada diretamente num *hard-disk* central... que foi apagado antes que alguém se lembrasse dele.

— Mas apagado como? Quem apagou? E como teve acesso ao computador da biblioteca para fazer isso?

— Ah, moça, não sei ainda, mas vou descobrir as respostas para todas essas perguntas. Você tem algum palpite?

— Nenhum. Mas, que droga, essas imagens eram o que ia provar minha inocência!

— Ou não... — disse, baixinho, Marco Polo. Tão baixinho que Ágata-Maria pode não ter escutado. Ou fingiu que não escutou e continuou a vociferar:

— Não acredito! É uma conspiração.

— Coisa de fadinhas, hem, moça?

— Não implica. Eu tive uma ideia. Que tal você pedir as imagens escaneadas com aqueles rabiscos do livro?

— Ágata-Maria Malovan, você está falando com Marco Polo. E Marco Polo não deixa furos.

— Isso quer dizer...

— Que eu já pedi, já recebi e já analisei as imagens. E comparei com sua letra, do formulário de registro da Biblioteca.

— Daí...?

— Inconclusivo.

— Hem?

— Não dá para dizer se é a sua letra ou não. Na verdade não dá para dizer se aquilo é letra de alguém. Novamente, Marco Polo alerta... Podem ter sido as fadinhas.

— Não tô entendendo.

— A caligrafia está mais do que disfarçada. Letra de forma, supercomprimida. Sem praticamente nada de peculiar. Parece ter sido superfalsificada para não mostrar nada do traço original do culpado. Ou da culpada.

— E desde quando eu sou uma falsificadora tão apimentada dessas, MP? Ficou doido?

O garoto riu, na tela.

Marco Polo era um garoto de aparência bastante comum. Cabelos louro-escuros, cortados rente. Devia ter altura média, mais para forte, olhos castanho-escuros. E se é forçoso dizer apenas que ele *devia ter* altura média, é porque ninguém o via ao vivo havia muito tempo. Ele e Ágata-Maria eram da mesma idade, e foram muito amigos, quando eram crianças. Brincavam sempre juntos, até os 4 anos, mais ou menos, quando a família dele se mudou para algum lugar fora da cidade.

E dizem que desde então Marco Polo se recusou a sair de casa novamente.

Ele e Ágata-Maria continuavam tendo papos vez por outra, agora por computador. Corriam lendas de que ele já havia resolvido inúmeros mistérios da cidade, lá do seu *ninho*, como ele próprio o chamava.

Desde Sherlock Holmes, detetives com diversos graus de esquisitice são os maiores astros das novelas policiais. Ou pelo menos de uma certa linhagem da novela policial.

Outro que também não saía de casa era o famoso Nero Wolfe, criado pelo americano Rex Stout, aí pelos anos 1930. Seu colaborador, Archie Goodwin, sua um bocado para fazê-lo visitar cenas do crime, ou algo assim, e raramente consegue. Quem quiser que venha até ele, relatar o que viu e o que não viu. E quem não quiser que se dane. Goodwin é quem se encarrega de perseguir os bandidos pela rua, interrogar testemunhas e suspeitos, trazer informações sobre pistas, e de todo o trabalho de cão farejador. Wolfe é um notório rabugento para tratar com pessoas em geral. Seu apartamento é uma cobertura duplex em Manhattan, Nova York. O andar de cima é totalmente ocupado por estufas, com suas orquídeas — é um grande entendedor do assunto e cultivador de orquídeas mundialmente respeitado.

Mesmo entre os esquisitos, Wolfe é para lá de esquisitão. Tem uma inteligência sobrenatural, pesa mais de 200 quilos, bebe cerveja ininterruptamente, e coitado de quem tentar falar com ele quando está cuidando de suas preciosas orquídeas ou numa das reuniões diárias com seu chef particular, decidindo o cardápio do dia. Wolfe jamais carrega uma arma. A maneira como junta pistas, elucida os mistérios, mata charadas, percebe quem está mentindo ou escondendo alguma coisa e chega a deduções é sempre deliciosa para os fãs das novelas policiais.

Ou seja, tendo Sherlock Holmes como grande ancestral, parece que todos os leitores de novelas policiais — pelo menos desse gênero detetive-espetáculo (porque há os *detetives-vida-real*) — esperam que os detetives sejam esquisitos. E parece também que, talvez porque sejam criaturas esquisitas, diferentes dos detetives que aparecem nas páginas policiais dos jornais, os esquisitos são os mais amados, não importando nem mesmo o quanto suas manias sejam egoístas, desdenhosas, egocêntricas.

Por isso, dá-lhe esquisitos!

Nosso Marco Polo, gênio precoce detetivesco, já com muitas glórias em seu breve currículo, pertencia a esse gênero de detetives... Quer dizer, havia quem não compreendesse que ele necessitava de isolamento para se aperfeiçoar cada vez mais nos conhecimentos necessários para resolver crimes e outros mistérios, ou para focar sua mente privilegiada em cada caso que estivesse resolvendo.

Além do mais detestava quem fizesse comentários, insinuações, ou mesmo olhasse de um jeito que desse a entender que estava estranhando seu jeito de ser, que, afinal de contas, nada mais era do que *original*.

— Moça, pense... tente lembrar... Você sabe do que eu estou falando. Algum detalhe, alguma coisa que na hora não pareceu ter importância, quer dizer, quando você ainda não sabia que um crime ia ser cometido, mas que agora...

— Não, nada, branco, zero, vazio. Desde de que essa história começou eu não consigo raciocinar. MP, por favor!... Não dá para a gente conversar... cara a cara? Juro que tô precisando. Você é meu amigo, não é? Faz tanto tempo...

Uma breve pausa, quando o garoto afastou-se um pouco da câmera em seu computador, no outro lado da conexão. Sua imagem ficou um tanto desfocada, e então ele disse:

— Tem uma coisa a seu favor. Não há provas diretas de que tenha sido você. Só indícios circunstanciais. Você *poderia* ter cometido o crime. Mas não há pistas contra ninguém mais, tudo indica você. Assim... — Ágata-Maria engasgou, seus olhos arderam. — O caso é que ninguém *viu* você rabiscar o livro. E também não encontraram a *arma do crime*. Até agora.

— Essa caneta já está longe da biblioteca a esta altura.

— É mesmo, moça? Como você sabe?

Ágata-Maria engasgou de novo, e dessa vez seu rosto ficou vermelho. Primeiro, de embaraço; depois, de raiva.

— Não acredito. Você está mesmo suspeitando de mim.

— É a minha obrigação, moça. Fui contratado para investigar. Não posso deixar nenhuma probabilidade de fora, só porque...

— *Só* porque a gente é amigo desde a mamadeira? *Só* por causa disso? *Só* porque você me conhece e, neste mundo inteiro, de todas as pessoas que tem por aí, você devia... *Devia!* ... saber que eu nunca faria uma coisa dessas!

— Moça, eu...

— Tchau, senhor Marco Polo! — e Ágata-Maria fechou a tampa do seu laptop na cara do detetive-consultor.

Na hora, Ágata-Maria não se deu conta de que a câmera de um *pardal* — um redutor de velocidade — girou, deixando de enfocar a rua para cravar-se sobre ela, enquanto um grupo de visitantes de fora do Estado chegava, alegre, para visitar o Largo da Literatura, onde logo ocorreriam sessões de contação de histórias, nos túneis de poesia.

Ágata-Maria ficou alguns instantes ali, sentada, olhando para o nada. De repente, como se tivesse tido uma ideia, levantou-se e saiu correndo em direção a sua bicicleta. Foi contornando o largo, rumo à entrada da Biblioteca Clarissa Aranha, pedalando forte. No alto do poste, a câmera ficou enfocando-a por trás, até ela desaparecer na curva, quando então, com um zumbido, o aparelho girou de novo e voltou a enfocar a passagem dos carros.

5

O ASSASSINATO DE CARLOTA HOPKINS

O assassinato de Carlota Hopkins foi, provavelmente, o mais horrendo de todos os que já haviam acontecido no Gabinete de Leitura Augusto Dupino. Para começar, porque o local, a posição e a aparência da vítima em tudo coincidiam com a da primeira, a bibliotecária Virginia Roget, morta um século antes. Só isso foi de dar calafrios, era como se um fantasma voltasse à vida para ser morto novamente.

Passava um minuto e meio da meia-noite, segundo o relógio digital de alta precisão do vestíbulo — uma tevê de plasma de 80" com a imagem hipnótica de um pêndulo em movimento permanente e um mostrador que vai a milésimos de segundo; de acordo com os mantenedores do Gabinete, uma obra de arte contemporânea, um dos tesouros de Augusto Dupino —, quando soou um berro enregelante vindo da seção Livros do Grotesco e do Arabesco. A segurança imediatamente correu para o local, ao mesmo tempo que as entradas do salão tiveram a vigilância reforçada. Ninguém poderia sair nem entrar.

Ocorreu justamente o que ninguém esperava, quando deram busca no setor Livros do Grotesco e do Arabesco. Nada foi encontrado. No entanto, todos escutaram o grito — um grito de mulher. E o diretor do Gabinete, Hans Pfaall, conferindo a equipe, deu pela falta da bibliotecária-chefe, Carlota Hopkins. Sob as ordens ríspidas de Pfaall — também chamado pelos funcionários de Ovo Fedido, por causa de sua calvíce acentuada, ou de Sonâmbulo, pelo fato de ninguém se lembrar de alguma ocasião, fosse de dia, noite, hora morta ou quase amanhecer, em que, procurado, estivesse ausente do Gabinete — ...

> (*Comentário em hidrocor vermelha, com letra bem espremida:* "E não é preciso mais para o leitor intuir que ele não é o chefe mais popular do mundo entre seus subordinados. Aliás, logo também se saberá que Mr. Pfaall não tem entre as suas qualidades o exercício da simpatia com ninguém, e isso será bastante útil para as armadilhas e ardis desta história.")

...a busca foi estendida para todos os salões e salas de leitura do prédio, com o mesmo resultado. Nada foi achado, e a bibliotecária continuava desaparecida. No entanto, havia testemunhas, em setores vizinhos, ou circulando pelo Gabinete, que a haviam visto, cerca de quinze minutos antes do berro, na seção Livros do Grotesco e do Arabesco, onde se encontram as obras, tanto clássicas quanto modernas, de terror. Houve uma falha nas câmeras de segurança do gabinete, que naquele momento estavam desligadas.

Procurar pessoas de aspecto suspeito, ou que parecessem *deslocadas* no gabinete de leitura, era uma tarefa sem muitas possibilidades de dar resultados práticos. Naquele horário, a fauna de frequentadores do Augusto Dupino era uma verdadeira amostra de criaturas saídas dos livros.

Dos livros de horror e mistério.

Eram figuras que não deveriam circular, não apenas em lugares de leitura, mas tampouco nas ruas ou em qualquer local público. Encurvadas, algumas com os rostos encobertos, outras exibindo olhos febris e feições lúgubres, respondendo às perguntas por monossílabos, isso quando não olhavam raivosas para o segurança, sem dar resposta nenhuma. Alguém havia berrado? Desaparecido? E daí?... Isso acontece a todo instante nos pesadelos, não é?

Depois de duas horas, a segurança interrompeu as buscas. Hans Pfaall anunciou que iria dar ordens para que se liberassem os frequentadores que quisessem ir embora e abrissem de novo o salão.

— Creio que... dado o histórico do Gabinete... — sugeriu o chefe da segurança ao diretor... — devemos antes chamar a polícia.

— Tenho certeza de que há uma explicação razoável para o que aconteceu. Se é que aconteceu alguma coisa! — replicou Hans Pfaall. — Além do mais, não preciso de um chefe de segurança que fique tão histérico quanto o resto das pessoas. Ainda mais por conta de episódios tão antigos, todos eles envoltos em lendas e boatos!

— Mesmo assim, uma funcionária está desaparecida. E há indícios de que ela estava aqui até há pouco. Eu não vou assumir responsabilidade nenhuma por isso, se o caso não for comunicado à polícia. O senhor vai?

Pfaall resmungou qualquer coisa e retornou para o seu escritório. O chefe de segurança chamou a polícia.

Quando a tenente Vera Rossakoff Japp, mais conhecida como tenente Japp, e seu ajudante, o sargento Oliver, pediram para dar uma olhada no setor de onde viera o grito — supostamente, o grito de Carlota Hopkins —, lá estava ela. No que a viram, o chefe de segurança e seus homens arregalaram os olhos. Alguns sentiram os joelhos bambearem, as costas se enrijecerem em frias cãibras, o coração disparar no peito, a boca ressecar-se. Ela estava justamente num dos corredores de estantes do setor Livros do Grotesco e do Arabesco que fora percorrido, examinado, checado e rechecado pelos seguranças. E, de repente, lá se via o cadáver da bibliotecária.

Seu corpo estava retorcido. O rosto, desfigurado por uma expressão de pavor. Não havia sangue, ferimentos, sinais de luta, nem pista alguma de como ela desaparecera entre as estantes e reaparecera, já morta. Era como se tivesse sido tragada por uma outra dimensão, assassinada, seja lá como foi que a haviam matado, e expelida de volta, sem que nenhum ser humano a tivesse tocado, nem transportado.

Era em tudo um mistério clássico do Gabinete de Leitura Augusto Dupino.

Carlota Hopkins era a primeira vítima, depois de vinte anos. E pelos desenhos e anotações guardados no arquivo da polícia, seu cadáver, já rígido, fora encontrado exatamente no mesmo ponto em que se descobriu o de Virginia Roget, cem anos antes. As características da morte de ambas, pelo que se podia deduzir, eram muito semelhantes. Talvez iguais.

Os seguranças continuavam zumbindo que nem abelhas agitadas pelo salão, procurando pistas, ou qualquer coisa que não tinham a menor ideia do que seria. Pfaall continuava atiçando-os, assim como fazia questão de ignorar a presença dos detetives. Junto da sua chefe, a tenente Japp, o sargento Oliver comentou:

— Esse é daqueles casos que fazem a carreira de um policial decolar de vez!

"Ou afundar para sempre", pensou a tenente, mas somente balançou a cabeça sem dizer coisa alguma.

O fato é que até então nenhum dos mistérios do Gabinete de Leitura Augusto Dupino fora solucionado.

6

A ARMA DO CRIME

— Pode digitar seu nome? — pediu Marco Polo.

Obedientemente, a assistente de bibliotecária da Biblioteca Clarissa Aranha digitou no teclado do seu terminal: "Ariadne Styles Azevedo de Mattos."

— O segundo nome se pronuncia *estáius*.

A bibliotecária ainda não havia se conformado com a ideia de que estava mesmo conversando com uma imagem no seu computador, e a todo instante olhava por cima do aparelho, como se pudesse ver algo mais, além do que aparecia na tela. Mesmo com Marco Polo tendo lhe enviado um e-mail, avisando que iria entrar em contato com ela pelo Skype.

Dona Ariadne, como era chamada, tinha cerca de 60 anos. Era miúda e usava óculos que jamais conseguiam conter seus olhos irrequietos e brilhantes. Usava cabelos curtinhos e um pequeno camafeu de madrepérola na lapela. Pela imagem, Marco Polo sentia ganas de apostar que ela cheirava a *leite de colônia* — um tipo de perfume muito popular entre as mulheres, antigamente, para uso depois do banho.

A princípio, ela se recusara a falar com o detetive-adolescente. Achava que se dava *corda* demais para a juventude, naquela cidade — vivia repetindo isso. E chegou mesmo a dizer a Marco Polo:

— Com que autoridade você está me fazendo perguntas? É policial-mascote, por acaso?

— A polícia não tem nada a ver com esse assunto, dona Ariadne. Mas, se quiser, posso pedir ao diretor da Biblioteca que se comunique com a senhora. Ele foi um dos que me contrataram...

— Ora, eu sempre digo...

— Sempre diz o quê, senhora Ariadne? Algum comentário sobre seu chefe?

— Humpgtxyhhh! — resmungou a bibliotecária, como se engolisse areia misturada a pimenta e cacos de vidro.

Mas, aos poucos, mesmo estranhando o modo de comunicação, dona Ariadne, no que começou a falar, não parou mais. Logo, Marco Polo reconheceu que aquela senhora era a maior fonte de informações da Biblioteca.

— Se quer saber, sempre achei aquela menina uma metida. Às vezes falava alto no salão de leitura. E frequentemente atrasava a devolução dos livros.

— Mas alguma vez Ágata-Maria devolveu um livro danificado?

— Bem, preciso consultar a ficha dela... — desconversou dona Ariadne.

— Ora, tenho certeza de que uma bibliotecária dedicada como a senhora se lembraria de algo tão importante, dona Ariadne.

— Bem, para dizer a verdade, me lembro sim. Sabe, nossa chefe, a senhorita Altaferro...

— A Ferrinha?

— Hum — grunhiu dona Ariadne, e corrigiu Marco Polo. — A *senhorita Altaferro* costuma mesmo dizer que quando estou de folga, a Biblioteca fica de pernas para o ar e cabeça virada. Imagine...

— Mas é claro que imagino. Aliás, já tinha adivinhado. A senhora é essencial, dona Ariadne. Ainda bem que está aí.

A mulher sorriu satisfeita.

— Bom, na verdade, nunca houve nenhuma ocorrência desse tipo que você está mencionando. Quero dizer, ela nunca devolveu nenhum livro danificado. Mas — apressou-se a enfatizar outra vez — dificilmente respeitava os prazos de devolução.

— Entendi... E a senhora foi a primeira a se aproximar dela, no dia em que aconteceu o incidente...

— Claro que fui. Estava no salão atendendo leitores. E a garota de repente começou a gritar, a agitar os braços no ar. Estava histérica, descontrolada... bem, ela sempre foi meio espalhafatosa, mas... não *daquele* jeito.

— Foi a senhora então que a *revistou*, sem que ela percebesse?

— Ora, rapidamente. Não encontrei nada, mas e daí? Sabe em quantos lugares numa biblioteca do tamanho desta se pode esconder uma caneta? Bom, o que importa é que ela fez o que fez e no mínimo vai perder o cartão da Biblioteca.

— Como assim, no mínimo? *Esse* seria o castigo *se* a culpa dela for provada. Mais nada.

— Ora, *se*? Então, eu não vi? O livro estava todo rabiscado na mão dela. E não poder mais frequentar a Biblioteca é pouco para quem faz uma coisa dessas. Que... vandalismo. Falta de caráter! Perversidade!

— Acontece que não poder mais entrar aí e pegar livros ia ser o pior dos castigos para a Ágata-Maria. Mesmo que se prove que ela danificou o livro, ninguém vai preso por isso, sabia?

— Infelizmente.

— Ela está muito chocada com essa história toda. E está sendo atacada por alguns sócios do Clube Diógenes.

— Bem, devia ter pensado, então, antes de fazer aquilo...

Marco Polo deteve-se um instante e ficou observando a bibliotecária. De repente, perguntou:

— É bem frio aí na biblioteca, não é?

— Puxa, nem fale. O ar-condicionado central fica ligado a toda o tempo inteiro.

— É por isso que você está usando esse casaco? — Dona Ariadne usava um casaco bem largo, comprido, de tricô verde, com florezinhas lilases. Marco Polo, com seu bom gosto, achou a combinação horrenda. A bibliotecária ficava parecendo, aos olhos do detetive-consultor-adolescente, um pé de couve nanico coberto de ervas daninhas. — Aliás, bem bonitinho... Essas florezinhas lilases são a sua cara!

— Ah, eu adoro este casaquinho. Ele é quem salva minha vida, neste gelo aqui. Você acha que só guardam carnes em frigoríficos? Está enganado, meu garoto. Bem, tudo por culpa desses computadores, que não aguentam temperatura de gente e...

— Voltando ao casaquinho...

— Ah, sim, não é lindinho? E você não imagina o quanto ele aquece.

— Mas é claro que imagino. É o casaco que a senhora sempre usa na biblioteca, então?

— Claro. Eu o deixo no meu armário. Exceto uma vez por mês, quando eu mando lavar a seco. Foi justamente ontem, eu o peguei esta manhã e...

— E estava usando ele no momento do incidente?

— Sim, estava. Ora, se eu ia aguentar este frio daqui sem...

— Dona Ariadne, pode me fazer um favor?

— Hum? Do que se trata?

— Pode verificar se tem alguma coisa nos bolsos do seu casaco?

— Como? Mas por quê? Não deixo nada neles.

— Esses bolsos aí dos lados. Um de cada lado. Pode verificar se tem alguma coisa neles?

— Mas que besteira, garoto. Não... — ia dizendo a bibliotecária. Mas então ela parou, com uma expressão de surpresa no rosto. E quando tirou a mão do bolso, não se deu conta direito do que era o que estava segurando...

— Mas é uma caneta... Como isso veio parar aqui?

— É mais do que uma caneta, senhora Ariadne. Foi uma sorte ela não ter explodido dentro da máquina de lavagem, senão seu casaquinho de estimação ia mudar de cor. Ele inteirozinho, florezinhas incluídas. Se eu fosse a senhora, mudaria de lavanderia. Nessa, eles não costumam vistoriar os bolsos, e isso é muito arriscado para o equipamento e as roupas. Essa caneta vai para o museu da cidade, um dia, dona Ariadne. É uma hidrocor vermelha, está vendo? Essa foi a arma do crime.

7

O ASSASSINO CENTENÁRIO

— Tudo muito fácil, Oliver — disse, com um sorriso sarcástico a tenente Japp. — Só precisamos achar um assassino que cometeu seu primeiro crime há cerca de cem anos, que passou os últimos vinte anos fora de atividade e que agora, no ano em que o raio desse ricaço assombrado, que fundou o Gabinete de Leitura, faz um século que está debaixo da terra, volta à atividade, mata uma mulher da mesma maneira como matou a primeira, em 1909, e...

— Agora, sem brincadeira, tenente... Claro que é outro sujeito, esse que estamos procurando.

— Não me diga!

O sargento lançou um olhar magoado para sua chefe. Detestava quando ela o tratava como idiota. Já a tenente suspirou, algo arrependida. Estava consciente de sua tendência de agredir quem estava mais próximo dela — geralmente o fidelíssimo Oliver — quando ficava nervosa. Ou com medo. Medo de ter encontrado afinal um crime que não seria capaz de desvendar.

— Bem — prosseguiu —, o pior é que eu acredito que vai haver mais mortes em breve!

O sargento Oliver arregalou os olhos.

— Por que, tenente?

A tenente Japp deu de ombros.

— Ora... Digamos que eu senti isso aqui por dentro! Intuição.

— Feminina?

— Policial! E também porque não acredito em fantasmas. Se é alguém imitando os crimes antigos, é como se reiniciasse o filme todo. *Todo*, entende? A onda de assassinatos do Gabinete Dupino recomeçou!

— Você acha que é um *copycat* de um *serial killer*?

— Fale língua de gente, sargento. Sabe muito bem que eu detesto esse dialeto de *tiras*.

— Bem... um copiador... alguém que admira tanto um assassino em série que vai imitando o que ele fez. Ou que quer ganhar a mesma fama dele.

— Só que os *copiadores* existem em função dessa tal fama que o assassino ganhou na imprensa, e aqui não houve nada disso. O assassino anterior... Ou os assassinos anteriores não se tornaram famosos. Ninguém foi preso, nem a imprensa inventou um personagem. Não há quem ser imitado, entende?

— Bem, então não estamos indo muito à frente nesse caso, não é?

Os olhos da tenente brilharam:

— Sargento, você é um gênio!

O sargento ruborizou-se, remexeu-se no assento do carro onde estavam os dois, conversando, e abriu um sorriso:

— Como assim?

— Ora... Sim, é claro. Não estamos indo à frente nesse caso. E sabe por quê?

— Porque estamos empacados. Sem pistas, sem suspeitos, sem droga nenhuma.

— Porque este é o tipo de caso que tem a ver com o passado. Um mistério do passado.

— Ah! Um *cold case*.

— Sargento!

— Desculpe. Um caso com pistas que já não estão *quentes*, um mistério que tem a chave lá atrás, no passado, e...

— Sargento, eu sei o que a expressão quer dizer. Só não gosto de ficar usando esse código cafona de tira mascador de chiclete, entendeu? Esses... jargões de seriado de tevê! Isso me faz me sentir vulgar! Me irrita!

— Entendi. É que eu pensei que nós éramos tiras cafonas mascadores de chiclete.

— Fale só por você. Detesto chiclete. Agora, voltando ao nosso caso... Não temos para onde ir, se tentarmos ir em frente. É no passado que está a resposta. Precisamos investigar o passado. Algo aconteceu agora que despertou de novo um monstro do passado. Mas é lá atrás que precisamos procurar a resposta para tudo. Sargento... vamos virar ratos de biblioteca, certo? Ou melhor, de gabinete de leitura!

8

ELEMENTAR, CARO LEITOR

Sidekick. Não se determinou a origem precisa do termo. Uma tradução poderia ser *a tiracolo*. E é bem isso, um personagem coadjuvante importantíssimo, fundamental, que está sempre ao lado do personagem principal. Daí, ele recebe as explicações do personagem principal que são essenciais para o leitor acompanhar a história. Como no trecho de *Um Estudo em Vermelho*, de Conan Doyle, quando, atendendo a um pedido de explicações do dr. Watson, sobre uma de suas miraculosas deduções, Sherlock Holmes fala: "Já estou tão acostumado à velocidade da minha corrente de pensamentos que chego às conclusões sem me dar conta dos elos intermediários. Mas estes elos existem" (Capítulo 2: "A Ciência da Dedução"). E daí, ele passa a relatar como, passo a passo, chegou à conclusão que tanto espantou Watson — e assombrou o leitor. Claro que essa é mais uma chance de mostrar como ele é tão mais superinteligente do que a média dos mortais. A inteligência em Holmes (como em Poirot) é um verdadeiro superpoder. E se não existisse o dr. Watson para perguntar como Holmes chegou a determinada conclusão, a história seria mais ou menos o seguinte: 1) Holmes chega à cena do crime; 2) examina tudo em volta; 3) sai sem dizer nada; 4) aparece posteriormente prendendo o criminoso e entregando-o à Scotland Yard; 5) fim. Ou seja, o leitor ficaria boiando e a história não teria graça nenhuma. Mas ainda bem que temos um Watson para o Sherlock Holmes. Ou um Sancho Pança para o D. Quixote (ou nunca conheceríamos as visões dele, o que o levou a atacar moinhos bradando que eram gigantes; foi para responder às perguntas de Sancho que ele explicou que atacara gigantes que o Mago Frestão no último momento transformara em moinhos). Ou um capitão Hastings, ou um Inspetor Japp para o Hercule Poirot; ou um Robin para o Batman. Ou... o sargento Oliver para a tenente Vera R. Japp. São todos *sidekicks* e sem eles o leitor não poderia acompanhar a cadeia de deduções dos gênios da investigação. O sidekick *representa o leitor dentro da história.*

Dicionário Avançado da Ficção Policial, Editora Rudúnite, Capital Nacional da Literatura, 2009.

(Nota 1: O autor da obra prefere se manter anônimo, por enquanto. Nota 2: Marco Polo, o detetive gênio adolescente, está à procura de um bom sidekick. Mas não para este caso do assassinato do livro policial.)

E, é claro, haveria muito trabalho tanto para a tenente Vera Japp quanto para o sargento Oliver, porque, na noite seguinte ao assassinato de Carlota Hopkins, foi a vez de sua assistente, Elmira Royster, ser encontrada roxa e dura, na seção Gordon Pym, onde ficavam os livros sobre as viagens mais fantásticas já realizadas. E imaginadas.

Assim como no caso de Carlota Hopkins, ninguém viu o que aconteceu. Mas dessa vez não houve berro da vítima, ou o que se achou que fosse berro da vítima, e sim o de uma pesquisadora que andava frequentando o Gabinete nos últimos três meses, de nome Nicoletta Buckley — a qual, menos de 24 horas depois, seria dada como desaparecida (presumivelmente também assassinada, como se acreditava ser o caso dos *desaparecidos* anteriores do Gabinete; seu corpo, como nos casos semelhantes dos últimos cem anos, não fora localizado). Fora ela quem encontrara o corpo de Elmira Royster e começara a berrar pedindo ajuda. Alguém, depois disso, a levou para tomar um copo d'água. A seguir, foi deixada no gabinete do diretor Hans Pfaall, para se recuperar, enquanto se aguardava a chegada da polícia. A senhorita (ou senhora, não se sabia ao certo) Nicolleta não foi mais vista.

A equipe da tenente Vera Japp fez todo um minucioso levantamento de pistas, que concluiu, como ela já esperava, que não havia pista nenhuma. Era como se o corpo tivesse se materializado ali, naquele ponto meio sombrio, entre apertadas estantes, de repente. Um ponto, aliás, que as câmeras de segurança não cobriam.

— Ou as câmeras falham, ou deixam pontos cegos! — reclamou a tenente Vera diante de um impassível Hans Pfaall, um homem magérrimo, com sotaque e nacionalidade indefinidos — talvez algum lugar da Europa Oriental. — Para quem tem tantos livros caros aqui, seu equipamento de segurança é um lixo, nada mais.

— O fato, tenente, é que jamais tivemos roubo de livros no Gabinete Augusto Dupino. Há até um boato sobre uma maldição que atingiria quem se atrevesse a tirar ilicitamente algum volume daqui — e ele riu, uma risada que parecia mais um cacarejo de abutre. — Deve conhecer as lendas sobre nosso fundador, Augusto Dupino. Alguns acreditam que *ele* é o assassino.

Só que a tenente não estava nada sorridente.

— Ou seja, nada de roubos, apenas assassinatos. Bem melhor assim, não é?

Pfaall não respondeu. A tenente Vera disse para si mesma: "Detesto esses casos em que o suspeito principal é um defunto antigo!" Então dirigiu-se a Pfaall rispidamente:

— Quero fechar o Gabinete até resolvermos este caso.

— Fecharmos... para o público? — gaguejou, horrorizado, Pfaall.

— Para público, funcionários, todo mundo! Ninguém entra aqui, só a polícia.

— Tenente, o Gabinete jamais esteve fechado, nem por uma hora, desde a sua fundação. E quanto a resolver o mistério... bem... É o que a polícia de Baltimore vem tentando nos últimos cem anos. Por quanto tempo a senhora calcula que ficaríamos fechados, então?

— Não quero discutir com o senhor. Vou falar com meus superiores.

— Fale... verá que não tem autoridade para fechar o Augusto Dupino. Ninguém tem!

— Mas há gente morrendo aqui.

Pfaall, impassível, continuou olhando para ela. Nem um músculo sequer de seu rosto estremecia. Vera sabia que ele não estava blefando. Tanto quanto ele sabia que *ela* estava blefando.

— Talvez, pelo menos — disse ela, tentando desviar a conversa para um assunto de menos atrito —, o senhor possa me ajudar numa pesquisa que quero fazer. É parte da investigação.

— Estamos aqui para colaborar com a polícia, tenente.

— Sim, claro que estão... Queria saber tudo sobre o Gabinete. Na verdade, desde antes da fundação e incluindo a vida de Augusto Dupino, quem ele era, o que o levou a fazer o que fez, pessoas relacionadas a ele.

— Oh!... — exclamou Pfaall, como se subitamente tivesse enfiado um ovo inteiro na boca. — Mas que coincidência. Ao mesmo tempo, que pena...!

— Como assim?

— É que eu sei exatamente quem pode ajudar a senhora.

— E por que é uma pena? Quem é a pessoa?

— A pesquisadora que acaba de desaparecer, Nicolleta Buckley. Ela vem estudando esse tema há três meses, só aqui no gabinete, fora seus estudos anteriores. É a pessoa perfeita para lhe dar as informações que deseja, tenente. Se a tenente for capaz de encontrá-la.

E, com uma risadinha, acompanhada de uma inclinação da cabeça sem um fio de cabelo, Hans Pfaall virou as costas e, ignorando a raiva de Vera Japp, afastou-se, indo cuidar de seus afazeres como se nada tivesse acontecido.

"Você sabe mais do que está me dizendo, cara de vassoura mofada", pensou a policial. "*Você* é meu principal suspeito." E dedicou longas horas a seguir levantando informações sobre o diretor do Gabinete de Leitura.

Tanto que, durante a madrugada, teve um pesadelo: amarrada, ou pelo menos sentindo-se assim, como se fosse a vítima de um sacrifício, assistia a um balé horrendo, em meio a chamas que brotavam do telhado da Mansão Augusto Dupino. Os bailarinos-servos eram as gárgulas da muralha do setor central, e o oficiante-demônio-chefe era, naturalmente, Hans Pfaall. De súbito, algo soou estridente, e foi isso que a despertou. Era o seu celular. O sargento Oliver, com voz de quem havia sido arrancado também de um sonho (talvez com a tenente, mas inconfessável), lhe comunicava um novo assassinato, o terceiro, em menos de três dias, fora o desaparecimento da tal pesquisadora.

— Estou indo. Me encontre naquela droga de biblioteca assombrada, sargento. Em vinte minutos!

— Peraí, tenente. Adivinhe quem é a vítima da vez.

— Escuta aqui, sargento! Não estou com paciência para... — e foi então que a intuição da tenente Vera Japp soltou uma fagulha. Ela se deteve e: — Não! Não me diga que... Não pode ser!

— Adivinhou, tenente. O diretor do Gabinete, Hans Pfaall.

— Droga! Detesto esses casos em que os suspeitos começam a virar vítimas! Vinte minutos, sargento!

Na verdade, Vera demoraria mais do que vinte minutos — não conseguiria sair de debaixo do chuveiro até reanimar-se do choque da notícia, e isso levou cerca de uma hora.

9

SABUJOS, CARRAPATOS E OUTRAS CELEBRIDADES

De fato, escolher bem quem vai ser a vítima de um assassinato é uma das habilidades essenciais de um escritor. Se for um personagem para quem os leitores não estejam nem aí, vai ter menos graça. Já se for um personagem que já criou alguma familiaridade com o leitor, o efeito é maior. E essa familiaridade pode ser tanto do tipo *fui com a cara dele* quanto *taí um que eu queria ver morto* — como foi o caso do nosso Pfaall.

Logo, quando numa novela policial algum personagem começa a ficar meio que saidinho, querendo aparecer — principalmente um bom candidato a suspeito do crime, jogado no colo do leitor assim logo no começo da história —, já é uma boa pista para se localizar ali uma vítima em potencial do próximo assassinato — até porque raras histórias acontecem em torno de um único assassinato, e nenhuma tem solução assim, descaradamente fácil. O segredo é descobrir a ligação entre os diversos crimes. Geralmente, quando o autor deixa o leitor suspeitar de algum personagem, é beco sem saída.

Vai daí, ainda, que, na página 51 de *Assassinatos na Biblioteca*, no momento daquele diálogo entre a tenente Vera Japp e o diretor do Gabinete Dupino, o perpetrador do assassinato do livro policial *Assassinatos na Biblioteca* surge outra vez das sombras, com sua hidrocor vermelha, e circunda o nome de Pfaall, anotando do lado: "**Pfaall vai morrer na página 59.**"

E pronto, não bastasse já haver revelado o culpado pelos assassinatos, o dito perpetrador reforça aqui seu golpe, acabando com toda a operação promovida pelo autor, o famoso Raven Hastings, de chamar a atenção do leitor para Pfaall, de fazer o leitor ter antipatia por ele, de soltar uma pista falsa do que a história reservava ao escalar a tenente Vera Japp para suspeitar do diretor do Gabinete de Leitura. É que o criminoso que estamos caçando, o assassino do *policial* (que é uma maneira reduzida de chamar o *livro policial*) intitulado *Assassinatos na Biblioteca*, não tem escrúpulos nem piedade.

E é uma pena, porque um dos tipos de história policial mais intrigantes é esse no qual os suspeitos, à medida que vão se apresentando ao leitor como tal, são logo depois mortos pelo assassino oculto. O detetive fica desnorteado, e o leitor tem uma surpresa atrás da outra — é um ótimo esquema. Até porque serve de cortina de fumaça; ou seja, enquanto o leitor está prestando atenção num personagem momentaneamente mais em evidência, achando que conseguiu decifrar a charada, que esse personagem é o culpado, o verdadeiro culpado desfila mais discreta e sorrateiramente em cena, e comete seus crimes mais à vontade.

Outro comentário criminoso do *perpetrador* do crime contra o *Assassinatos na Biblioteca* — e que talvez forneça alguma pista de quem ele seja, caso não seja ele, mas *ela*, a culpada, a nossa suspeita principal, Ágata-Maria (isso se você não tiver começado a esta altura a suspeitar da bibliotecária Patrícia Altaferro, ou de sua assistente, Ariadne Styles Azevedo de Mattos) — é sobre a própria tenente Vera Japp. Escreve o perpetrador, aproveitando uma margem inferior maior, numa página de final de capítulo: "**O problema da Vera Japp é que, na cabeça dela, a tenente sempre quis ser uma Sam Spade. Só que está mais para uma Miss Marple do que para detetive tipo sabujo farejador. Ou um carrapato.**"

Essa observação é uma pista fundamental. O perpetrador quase se denuncia ao fazê-la. Ora, bem, estamos em falta de um *sidekick*, que tivesse o papel de fazer as perguntas estratégicas, do tipo: "É mesmo? Tão importante assim, é? Por quê?" Assim, seguem aqui as explicações necessárias para a compreensão da trama.

(*Trama*, ou seja, a maneira como a história está sendo contada. No caso, de como as pistas estão sendo dosadas, oferecidas aos leitores, distribuídas entre os sucessivos episódios e outras aprontações cunhadas pela habilidade do autor...)

Vamos começar pelos *detetives* citados.

Sam Spade é o tal que desvenda o mistério de *O Falcão Maltês*, um livro muito importante na literatura policial americana, porque introduz um tipo novo de detetive. Edgar Allan Poe criou no século XIX Auguste Dupin, que por sua vez inspirou e foi aperfeiçoado por Conan Doyle, com o maior de todos os detetives dos *policiais*, Sherlock Holmes, que por sua vez é ancestral de Hercule Poirot, o detetive-astro de Agatha Christie. Todos esses detetives, menos Spade, são excêntricos, detetives-espetáculo. Desses que resolvem os mistérios graças a sua inteligência poderosa, seu imbatível poder de observação, capacidade de ordenação das pistas, discernimento sobre o que é e o que não é relevante e dedução. Ora, Dashiell Hammett, criador de Sam Spade, achava tudo isso meio que bobagem, que nenhum desses detetives estava sequer próximo do que, na *realidade*, era o trabalho de um detetive.

Ele tinha sido um detetive particular, e achava que um detetive de novela policial deveria ser mais *realista*, ou seja, que o detetive deveria era sair por aí seguindo pessoas, interrogando, confrontando versões, álibis, testemunhos. Até começar a pegar quem estava mentindo. E, ao descobrir o que era mentira, ou o que estava sendo encoberto, o mistério se desvendaria — e o criminoso era desmascarado. Era o detetive sem querer fazer charme (e, em muitas das histórias de Hammett, também sem nome, chamado de *Continental Op*, ou *o detetive-operador da agência Continental*). Sam Spade é bem isso. Recusa qualquer charme, qualquer romantismo, qualquer glamour. É frio, e trata a investigação como um processo de farejamento. É um sabujo.

(Tem um outro ingrediente importante nesse novo tipo de *policial* criado por Hammett, que seria a *gostosa fatal*, ou seja, a mulher linda que é uma besta-fera-dissimulada, cujo modelo pode ser a Milady, de *Os Três Mosqueteiros*, de Alexandre Dumas, um folhetim romântico, grande clássico da literatura do século XIX... Mas ainda não chegou o momento de falar disso.)

A imaginação americana para policiais ficou muito marcada pelo *Falcão Maltês*. Dele tivemos filhotes excelentes, como o detetive Phillipe Marlowe, de Raymond Chandler. O caso é que é difícil para um americano imaginar-se um detetive-espetáculo, como os ingleses. Piorando esse trauma, há o fato de Auguste Dupin, do escritor americano Edgar Allan Poe, ser um personagem que vivia em Paris. Ou seja, se é para ter charme, bota o cara no Velho Continente e estamos conversados.

Vamos combinar, não existe *realismo* em literatura, e muito menos em literatura policial. Existe sempre enredo, uma maneira de ocultar os culpados e as pistas essenciais, de apresentar o crime, de pôr o detetive na caça do criminoso, e, muito, muito, muito importante, de criar um tipo de detetive: um *personagem*.

Ed McBain criou grandes histórias policiais, com seus detetives do 87º Distrito, devolvendo os *policiais* para dentro da polícia, tão ridicularizada pelos detetives-consultores particulares como Sherlock Holmes — que se diverte em fazer os agentes da Scotland Yard de patetas. Com McBain, foi reforçado na imaginação do leitor o dia a dia do distrito policial, as rotinas de investigação. O trabalho de investigação à la sabujo. Esses, sim, pareciam *detetives de verdade*, não os Holmes, Poirot etc...

Só que os *detetives esquisitos*, os *detetives-espetáculo*, faziam tão mais sucesso no mundo inteiro, que gloriosas *combinações* surgiram até mesmo nos *policiais* americanos. Um deles foi o já citado Nero Wolfe, excêntrico, quase pirado, de carteirinha. Mas tem pelo menos um que não fica muito atrás — e que só apareceu na tevê. Era detetive de polícia, mas bicho de outra espécie: mais do que sabujo, um carrapato. E com uma penca de excentricidades: trata-se do tenente Columbo. E mais: assim como não se consegue imaginar outro Sam Spade que não Humphrey Bogart, com sua cara *imexível* e cigarro sempre na mão, o melhor Columbo sempre será Peter Falk.

Para começar, todas as histórias de Columbo começavam com a gente assistindo ao crime sendo cometido. Ou seja, nesse enredo, nessa trama, nessa maneira de contar a história, a gente já sabia quem era o assassino. O legal era acompanhar a intuição de Columbo, nos interrogatórios, funcionando para suspeitar de alguém, depois seu jeito carrapato, aparecendo do nada, em todos os lugares, junto do suspeito, com perguntas e mais perguntas, pressionando, apertando, até que, em desespero, a vítima começa a cometer erros, e ele saca como o crime foi cometido, e como o assassino disfarçou tudo, forjou um álibi, daí joga tudo isso na cara do culpado, que se desmonta na frente do espectador.

Daí, será que Columbo foi mais *realista* que Holmes? E menos que Sam Spade? Difícil. A maneira de contar a história já é uma armação — já é ficção, percebem? Tanto começando quando a gostosa fatal entra no escritório do detetive durão e implora ajuda quanto quando vemos um carinha matar outro, fazendo seu carro explodir, e sair na maior, assobiando, como se não tivesse nada com isso. Não tem nada aqui de objetivo, de *documentário*, tudo é *truque de contar história, encenação*, e é o que torna a história legal.

Além do mais, tem todo o jeitão do Columbo, o que escritores costumam chamar de *construção do personagem*. Ele é baixinho, feio, malvestido (o sobretudo sujo e amarrotado de Columbo equivale ao chapeuzinho característico — que ficou sendo *o* chapeuzinho de detetive *por causa* de seu dono — e o cachimbo de Holmes, ou à gravatinha-borboleta e os bigodes empastados de resina, cultivados por Poirot), sempre reclamando que a mulher manda nele, atrapalhado com papeizinhos onde anota coisas, soltos pelos bolsos e com seu bloco mulambento onde registra os depoimentos, sem nunca encontrar de primeira o que anotou. Ele é de cara subestimado pelo suspeito — que acha que um *idiota* daqueles nunca vai vencê-lo num duelo em que conta principalmente a inteligência de ambos. Ou seja, o assassino acha que vai ser mole enganar o Columbo e, quando percebe o truque, já está *algemado*. Columbo é carrapato e aranha ao mesmo tempo.

(Aliás, um detetive-de-brincadeira, o Aranha, era um dos personagens de um astro dos quadrinhos para crianças, o Bolinha. O Aranha tinha sempre um suspeito, o pai da Luluzinha, seu Palhares. Seu método era do tipo *carra-*

pato: grudar sempre no seu Palhares. Disfarçava-se para investigar os casos, quer dizer, para seu Palhares não saber que estava sob vigilância, mas com disfarces que jamais disfarçavam coisa nenhuma — era *de brincadeira*, sempre. E sempre agarrava o culpado, que era, como ele suspeitava de início, o pai da Lulu. Será que o Aranha é menos *realista* do que o *Continental Op*? Por quê?)

Bem, há outras celebridades-detetives dos policiais. Temos Charles Chan, chinês morando nos EUA, que tinha vocação para sabujo, mas poder de observação e dedução parecido ao de Poirot, combinado à paciência oriental e um tom meio de meditação com olhinhos apertados. Tem o Padre Brown, de Chesterton, que se faz de invisível, mas observa tudo, analisa tudo, e quando diz alguma coisa, é porque já descobriu quem foi o criminoso. Temos ainda o Maigret, do belga Georges Simenon, na prática um filósofo, investigando em cada crime e criminoso os segredos da alma humana. E Espinoza, meio Maigret, meio Sam Spade, do brasileiro Luiz Garcia-Roza. Por aí vai...

Já voltando à detetive Vera Japp, de Raven Hastings, de fato, a observação do perpetrador do assassinato do livro policial *Assassinatos da Biblioteca* — cuja arma do crime acaba de ser encontrada, a caneta hidrocor vermelha — vem bem ao caso. Só que as coisas não deveriam ser entregues assim ao leitor. Assim, é como soltar um fiozinho numa peça delicada de tricô, feita com o maior capricho, e sair puxando, puxando, tentando desfazer a peça. É isso que esse perpetrador está querendo.

Mas isso nos dá pistas sobre quem ele é...

O *perpetrador* escreve, aqui, que Vera Japp queria ser Sam Spade, mas estava mais para Miss Marple. Ou seja, queria ser uma sombra sem nome, um sabujo concentrado em farejar pistas e seguir sua presa, sem voos de imaginação, e no entanto é no fundo da alma uma excêntrica, joga no time dos esquisitos. Mesmo que seja no subgrupo dos mais discretamente esquisitos.

Olhem só essa cena, da página 71 de *Assassinatos na Biblioteca*:

> Toda vez que o sargento Oliver via sua chefe *atacando* um cadáver na cena do crime, isso lhe dava engulhos. E arrepios na espinha. Para começar, ela só se punha a trabalhar quando todo o resto da equipe de legistas tinha ido embora. Chegava mesmo a enxotá-los, como se esse seu momento com o cadáver fosse algo íntimo, que ela não quisesse compartilhar com ninguém. Ou por outra, queria, e exigia, somente o sargento perto dela, e ia, à medida que cutucava, apalpava e acariciava o cadáver, lhe dirigindo comentários, aos quais o sargento já aprendera que não deveria responder. Era para se limitar a fazer anotações.
>
> Havia ainda, algo que o sargento achava mais estranho do que tudo, um olhar brilhante, como se aquele fosse um momento de felicidade da tenente. E, combinada a uma precisão cirúrgica, havia uma avidez nos gestos que Oliver às vezes achava, sem querer admitir, parecida com *apetite*. Ou mesmo voracidade! O sargento juraria que, em certos momentos, quando ninguém estivesse olhando, ela chegaria o nariz junto ao corpo para farejá-lo, ex-

citando-se com o cheiro da morte (a não ser que o *excitando-se* fosse um deslize de seus desejos secretos pela tenente), e que poderia até mesmo lambê-lo, em situações extremadas.

Seja como for, era sempre lembrado que a tenente fora a mais brilhante aluna das últimas décadas nos cursos de medicina legal na academia de polícia. Por exemplo, ela é capaz de realizar uma autópsia com a mesma perícia dos melhores legistas do país.

Portanto, o ritual foi o mesmo com Hans Pfaall. Meia hora depois de tê-lo *só para si*, ela se deteve por um instante, ainda agachada, e murmurou:

— Bem, temos três cadáveres agora, não é?

Oliver sabia que não haveria o menor sentido em responder, e talvez a tenente nem sequer o escutasse, se ele o fizesse. Apenas aguardou. Sabia também que o exame havia terminado. E, de fato, a tenente, erguendo-se, lhe disse:

— Às vezes, sargento, não é o que a gente encontra o que conta, mas o que não encontra.

— E o que não encontrou aqui, tenente?

— Tudo. Quer dizer, não encontrei coisa alguma que me sugerisse a causa da morte. Isso não pode ser. Esse cara morreu por alguma razão, não foi? — Daí, ela se deteve por um instante, contemplando o corpo aos seus pés. Então, sacou o celular, digitou um número gravado na discagem rápida e falou, quando o outro lado atendeu:

— Gutta, é Japp! — (Gutta era a legista preferida da tenente.) — Pode raspar a cabeça das três vítimas, as duas que estão aí com você e outra que está chegando? Veja o que encontra. Sim... pode ser.

Quando desligou, deslizou o celular lentamente de volta para o bolso e começou a dizer:

— Detesto esses casos... — De repente, seu semblante se iluminou, ela soltou um sorriso e se corrigiu: — Não, para dizer a verdade, estou começando a gostar deste caso. Vamos, sargento. Como é mesmo o nome daquele tatatá... qualquer coisa do Dupino? O tal parente do velho, do fundador do Gabinete?

Estão vendo? Podia ser mais Sherlock ou Poirot nas suas esquisitices? E o que tem a Japp a ver com Sam Spade? Ou com os secarrões, detetives-personagens-planos-gente-comum dos seriados de tevê? Que ela quisesse ser Sam Spade, parece natural — afinal, Vera Japp é um personagem *americano*, sua *imagem-modelo* de policial não poderia ser outra. Mas Raven Hastings, bom do jeito que é, não *comporia* um personagem tão simples, tão *pão-pão-queijo-queijo*. Ele o temperou com uma pontinha dos detetives mais charmosos da literatura policial.

Sherlock Holmes usa cocaína e ópio, sempre que está angustiado, principalmente quando não tem nenhum mistério para resolver. Toca muitíssimo bem violino, de preferência solos de improviso. Entende tudo de química, por exemplo, de venenos, algo útil para o seu trabalho, mas nada sabe, nem quer saber, de política, nem muito menos toma conhecimento do fato de que a Terra gira em torno do Sol (é Watson quem lhe dá essa informação, que ele acha irrelevante para desvendar crimes, e portanto se propõe a esquecê-la). Seu egocentrismo, sua vaidade volta e meia o traem. Ele se esquece de dar atenção até mesmo ao seu fiel parceiro, amigo e biógrafo, Watson, quando este está com problemas pessoais. E com tudo isso, apesar ou por causa desses dilemas, ele é genial. E tão amado.

A propósito, a tenente Vera Japp, quando está *deprimida*, compra calcinhas sexy. Quanto mais deprimida, mais sexy a calcinha.

Um Sam Spade se propõe a ser algo simples, básico. Aliás, sequer pensa nesse assunto. Sabe somente seguir suspeitos e descobrir pistas. E nisso não tem falhas. Já a citada Miss Marple é uma velhinha que nada mais faz na vida do que aparecer, *por coincidência*, nos lugares onde se cometeu ou vai se cometer um assassinato em breve, sempre visitando uma antiga amiga, ou de férias (descansando não se sabe do quê, já que não trabalha). Por sua experiência de vida, sua intuição, seu conhecimento do comportamento e, principalmente, das fraquezas das pessoas — e ainda por cima sempre se referindo a exemplos de sua cidadezinha, St. Mary Mead, um modelo em miniatura da humanidade, onde ocorre de tudo e tudo pode ser observado —, ela desvenda os mais horrendos crimes. Nada a choca. Nada a surpreende. Já viu de tudo.

Entretanto, quem acompanha com atenção seus casos percebe que ela acima de tudo se permite — o que um caretinha-detetive da Scotland Yard jamais conceberia — ser intuitiva. *Sentir* as pessoas envolvidas em cada caso. Adivinhar o que elas seriam capazes de fazer, os atos secretos que poderiam cometer.

Por outro lado, às vezes é traída pela falta de técnica, de mobilidade e de recursos em suas *investigações*. E pelo fato de não ser uma profissional — a maioria dos detetives da Scotland Yard, quando ela entra em cena, se já não a conhece de casos passados, não a leva a sério, e chega a debochar dessa velhinha que acha que pode desvendar assassinatos. Há crimes que Miss Marple pressente que vão acontecer — geralmente aquele *segundo* crime, o tal que acontece em consequência do primeiro, da necessidade do culpado de apagar testemunhas e pistas ou algo assim —, mas nada pode fazer para evitá-lo porque não tem autoridade para tanto, nada nela é *oficial*. Nem *profissional*. A rigor, ela nem sequer é uma detetive, é Miss Marple, uma distinta senhora inglesa.

Por exemplo, ela não tem autoridade para interrogar ninguém: toma chá com testemunhas e suspeitos. E tira suas deduções da conversa, nas quais nunca parte para o confronto, nunca acusa diretamente; o chá quente demais ela toma em pequenos goles, e morde os bolinhos pelas beiradas. Com suas *fragilidades*, a gente não esperaria — nem os policiais da Scotland Yard — que fosse bem-sucedida. Parece tão, tão... velhinha.

E, de fato, isso conta. Mas não decide. Miss Marple sempre descobre quem é o assassino, como e por que matou.

Ora, a Vera Japp não é uma velhinha. Dizem que quando usa biquíni na piscina do seu clube de final de semana para até avião 11 mil metros acima, mas... No fundo, ela sabe que sua chance de desvendar o crime é *sentir* quem é o criminoso. Às vezes se engana, como com Hans Pfaall. É para que o leitor não confie 100% nela, assim como ela não pode confiar 100% em si mesma. Vera Japp ficou desestabilizada com a morte de Hans Pfaall, porque viu que a antipatia que ele lhe despertou a levou a um equívoco. E o leitor fica desestabilizado em sua confiança na detetive, que é a heroína das histórias de Raven. Ela tem uma *falha*, como a kriptonita do Super-Homem, ou o alcoolismo de alguns detetives da tevê.

Repetindo, o fato é que o que ela faz, embora preferisse algo mais palpável, concreto e confiável, *é sentir* as coisas em suas entranhas; e persegue esses pressentimentos, até que eles se mostrem do modo mais transparente. Nisso é que ela é parecida com Miss Marple, e esse é seu *método de trabalho*, o *modus operandi*, se é que se pode chamar assim algo tão inusitado para os métodos policiais americanos, sempre tão *rotineiros*, técnicos, catalogados nos manuais da polícia.

Só assim, sendo Vera Japp como é, o autor pode surpreender o leitor. A sua instabilidade é o que dá emoção, a possibilidade de erro, de ela ficar arrasada por se deixar enganar. Que graça ia ter se ela estivesse sempre certa, desde o começo, se não seguisse pistas que vão se revelar becos sem saída, nem desconfiasse dos personagens errados? Esse é o charme do personagem e constitui todo o suspense de ler as histórias que ela estrela.

Agora, importante... O perpetrador do assassinato de *Assassinatos na Biblioteca* avisa: **"Lembre que Vera Japp não costuma se deixar enganar duas vezes na mesma no-**

vela." Isso, mesmo contabilizando seus dilemas, essa sua vontade de ser quem não é e outras coisinhas mais. Bem, dessa explicação detetivesca toda temos duas deduções a fazer e uma insinuação jogada para você escorregar no caminho, caro leitor.

Primeira dedução: *Quando interrogar Umberto Dupino, o Berto, delatado como o assassino de Assassinatos na Biblioteca, Vera Japp vai suspeitar dele, sem saber ao certo por quê. Logo vai se confrontar com seu disfarce, com seu álibi. E sua intuição, apesar da aparente impossibilidade e improbabilidade de ele ter cometido os crimes, sendo Vera Japp quem é e como é, vai comandá-la daí em diante.* E como intuição não é palpável — não como um fio de cabelo deixado na cena do crime ou uma impressão digital —, pode ser mera miragem, e desaparecer de repente. O leitor sabe disso. Vera Japp vai se angustiar, sua ansiedade para provar que está certa a fará cometer erros que porão em dúvida sua intuição — nós e ela. *Logo, também, para permitir ao leitor visualizar a corrente de pensamentos de Vera Japp, o sargento Oliver vai começar a fazer peguntas a Vera, que no fundo querem dizer*: como este cara, aparentemente tão distante do caso e tão sem mcios de cometer os assassinatos no Gabinete Dupino, pode ser o nosso cara? *Como você chegou a suspeitar dele, tenente?* Ora! É mais no jeito de ser de Berto que temos de reparar, é aí que está a verdadeira chave que uma Vera Japp procura para abrir o mistério — que os sabujos, na prática, arrombam, sem se preocupar em encontrar chaves.

Segunda dedução: *Quem está escrevendo essas anotações no livro* Assassinatos na Biblioteca, *em hidrocor vermelha — quase nos desafiando a outro* Estudo em Vermelho, *que foi a primeira novela de Holmes e Watson, entende à beça de novelas policiais.* É só ver que tem toda uma cultura de obras, autores, personagens, detetives, e que acumulou um bocado de queimação de "massinha cinzenta" (como Poirot se refere ao seu cérebro, do qual se orgulha colossalmente) *pensando nos truques de composição das tramas policiais — que são* o abre-te sésamo *desta trama toda.*

Bom, sem querer *saltar precipitadamente para as conclusões* a partir de uma observação isolada, é sabido que a suspeita, Ágata-Maria Malovan, é uma superentendida justamente nesse assunto.

E agora a casca de banana para você, leitor: *Coincidência pode existir na vida, mas nunca em novelas policiais. Isso porque o que ali parece* vida *foi arrumado para parecer assim. É como uma festa à fantasia em que os convidados são chamados a se fantasiar de alguém que seja eles mesmos. Repetindo, coincidência pode existir por aí, no varejo do mundo, mas não em policiais — e Ágata-Maria Malovan sabe muito bem disso.*

Ou como Raven Hastings falou certa vez numa entrevista pela Internet: "O que tem de realidade, de vida, de história do autor, no livro que ele escreve? É a mesma relação da farinha com o pão. A realidade é um ingrediente. Mas, para chegar daquilo à literatura, ou da farinha ao pão, tem toda uma história a ser contada."

O que fica ainda mais irônico, considerando quem fala; mas, por ora, vamos voltar a focar a arma do crime cometido na Biblioteca Clarissa Aranha contra o livro *Assassinatos na Biblioteca*.

10

SERÃO DE SÁBADO

Quando o celular de Ágata começou a zumbir e a saltitar dentro de sua bolsa, ela o catou, aflita, para desligá-lo. Entretanto, ao ver quem estava ligando, atendeu:

— Tô ocupada agora, MP!

— Voz abafada, sussurrando... — comentou o garoto, no outro lado da linha. — Onde você está, Ágata-Maria?

— Eu não quero mais falar com você — ela disse.

— Mas é claro que quer. Senão, você não teria atendido. Além do mais, aposto que já sabe o que eu tenho para lhe contar.

— Você é irritante, Marco Polo.

— Sabe ou não sabe?

— Já adivinhei, sim... a hidrocor vermelha?

— Hum-hum!

— As digitais...?

— Sim...?

— Nada, certo?

— Sim! Tudo apagado. Nenhuma pista.

— Hum... eu sabia.

— E eu sabia que você já sabia.

— Se está de novo jogando verde para colher maduro...

— Por favor, Ágata-Maria. Sem essas expressões que todo mundo usa. Detesto clichês.

— Eu não. Mas eu não sou um gênio que nem você.

— Bem, lá isso é verdade.

— Como eu disse, você é irritante. Pelo menos, assim não há provas contra mim, não é?

— Mais ou menos...

— Ah, isso não vale!

— Infelizmente, vale sim. Dona Janete foi a primeira a chegar junto de você. E ficou tão, tão juntinho...

— Me revistando. Eu estava tão nervosa que só percebi depois.

— Bem, pode ser. Ou pode ser que você não estivesse tão nervosa assim e tenha conseguido passar a caneta para o bolso do casaquinho dela.

— MP! Seu...

— Vai dizer que seria impossível?

Ágata-Maria deteve-se, respirou fundo e por fim, quando respondeu, disse:

— Não... impossível não era. Já disse que estou ocupada agora, MP.

Nesse instante, no telão à frente do garoto-detetive acendeu-se a luz cor de abóbora no painel, mostrando que o celular de Ágata-Maria fora localizado. Ela estava na Biblioteca Clarissa Aranha, onde, pensou Marco Polo, só poderia ter entrado àquela hora forçando uma janela ou algo assim: "Se eu apurar o localizador, vou poder dizer exatamente em que sala ela está."

— Serão em noite de sábado? Quer dizer que desistiu de ficar chorando em casa e começou a investigar também. Muito bom!?

— Vá encher outro, MP.

— Como adivinhou? Vou mesmo. Tchau.

A sala em que ele estava ficava permanentemente na penumbra, com refrigeração incessante. Na verdade, Marco Polo jamais se importava em saber se era dia ou noite. Isso não tinha importância em sua vida, já que não saía do ninho. Havia painéis de plasma com imagens variadas nas paredes em volta, algumas mostrando cenas de rua, ou de interiores de prédios — e até de residências. Outras simplesmente com gráficos ou faixas de notícias on-line correndo ao longo. O centro da sala era totalmente vazio, dominado por uma poltrona em cujos braços havia um microteclado, de um lado, e controles diversos, do outro. Era ali que o garoto comandava todo o funcionamento dos equipamentos. O indicador da mão direita de Marco Polo girou um pequeno globo, também incrustado no braço da poltrona. E depois clicou-o.

No teto do escritório de Patrícia Altaferro, com um zumbido, a câmera de segurança foi ligada. Marco Polo digitou comandos que lhe passaram o total controle do sistema de câmeras.

— Ora, Ágata... que *coincidência*... — Foi esse seu comentário. Isso porque reconheceu logo a sala. Ágata-Maria estava abrindo gavetas, revistando tudo. — E eu já sei o que você está procurando... — murmurou ele com um sorriso. — Mas eu também podia entender que você está tentando eliminar provas, não podia? Seja como for... Ágata-Maria resolveu entrar na briga. Até que enfim!

Só que a *coincidência* estava no fato de ele já ter planejado seu próximo passo: justamente interrogar a Ferrinha.

A bibliotecária Patrícia Altaferro tinha seus segredos, muito íntimos. Sábados à noite, recusava convites para sair. Comprava um pacote de pipocas de microondas, um pote de tamanho médio de sorvete de chocolate com pistache, suco de manga, nunca diet nem light ("É minha noite de *orgia*", justificava-se), e ia para a sua cama, que nessa noite especial cobria sempre com uma colcha de cetim. Tinha várias dessas colchas, de diferentes cores: azul-turquesa, rosa-maravilha, amarelo-ouro-velho... Fazia parte do seu ritual tomar banho de imersão antes e se enxugar em toalhas de algodão egípcio. E também uma cigarrilha cubana, que acendia e fumava com gosto — era só uma por semana, de modo que queria aproveitá-la bem. Não atendia telefone nem campainha. A rigor não haveria como contatá-la.

Tudo isso tinha a ver com uma mania sua. Livros policiais. Por que escondia de todos essa sua predileção? Por que jamais conversava sobre o assunto? Por que, justamente ela que sempre recomendava os livros que mais poderiam agradar aos frequentadores da Biblioteca, jamais sugeria um policial? Talvez por medo de se trair. De trair sua paixão. E dos detalhes de como vivia essa paixão... E, finalmente, paixão pelo quê.

Há leitores que se identificam com os criminosos, principalmente se são charmosos, brilhantes, corajosos... Há outros que sonham em ser detetives, e vivem aventuras incríveis na chatice do metrô no caminho para o trabalho, ou nas salas do dentista, para espantar o medo que desperta o zumbido da broca — aquele que se ouve lá de dentro acompanhado de gemidos.

Já Patrícia Altaferro queria ser a *mulher fatal*, um *personagem-tipo*, ou seja, que aparece com frequência em novelas policiais.

Voltava então à cena, seu quarto, enrolada apenas na toalha de algodão egípcio, ensaiando o andar e os olhares, como se estivesse usando salto alto, chapeuzinho dos anos 1930 ou 1940, como se sua boca estivesse parecendo um morango carnudo, ou talvez um rubi. E como se seu olhar fosse capaz de derreter os detetives mais empedrados, aqueles que já haviam matado e visto morrer muitas vezes, e diante dos quais os que pareciam mais honestos e inofensivos várias vezes haviam se revelado facínoras. Os detetives que desconfiavam da própria vida.

Passo a passo, lentamente, e lá vinha ela para a cama. Simulando, encenando, fingindo uma fragilidade que os fazia desejar protegê-la, ajudá-la, enquanto ela os manipularia, os tornaria títeres, marionetes, na trama criminosa que ela, e mais ninguém, como seria provado no final, estava executando.

Era isso, Ferrinha ali deixava de ser Ferrinha, bem-comportada, cabelos presos em rabo de cavalo, tênis, jeans e camisetinhas no trabalho, e virava a *femme fatale*. A que tinha como ancestal a bruxa Circe, que escravizou Ulisses, na *Odisseia*, e todas as feiticeiras medievais. E, claro, a perversa, mais do que traiçoeira e mais do que linda Milady, que quase liquidou quatro mosqueteiros, os três do título e mais o quarto, D'Artagnan, que os mais velhos só aceitaram oficialmente como colega no um-por-todos-etc. no final da história.

A *letalíssima gostosa*, então, que beija e envenena, que abraça e apunhala pelas costas. Aquela que dá partida, o *boot*, na trama — quando entra na sala do detetive no meio da noite e pede ajuda. E que cria as armadilhas, os perigos, sempre protegida pelo seu disfarce, por sua dissimulação.

Jeito e trejeito de anjo; alma (e corpo) de demônio!

Aliás, algum leitor de policiais, ou fã de seriados, já se ouriçou por uma dessas detetives duronas que pisoteiam as páginas e cenas das histórias mais batidas? Essas de delegacia? Não... Mas por quantas *mulheres fatais*, mesmo sabendo que elas é que são o perigo, as feras assassinas, não terá ficado *caidinho*?

O caso é que elas enganam até o leitor. É o papel delas, e tem de ser bem interpretado. Tem de ser convincente. Até porque, quando abre um *policial*, o leitor quer ser enganado, também — faz parte do jogo. Da brincadeira. Se o autor não conseguir fazer isso, a leitura perde um bocado da graça.

Patty Altaferro (sua identidade secreta nessas noites perigosas) adoraria ter esse poder. Adorava sentir que o tinha. Dentro de si. Para quando quisesse usá-lo. E quem quer que fosse a vítima, uma vez que ela a escolhesse, estaria perdida. Essa era ela, quando lia *policiais*.

Jamais a Ferrinha.

Logo, não dava para chegar em alguém e dizer: o que eu gosto em *policiais*? Gosto de imaginar que sou uma linda assassina, esperando apenas uma oportunidade para matar, e enquanto isso seduzindo meio mundo na história.

Não dava para contar isso para ninguém, dava?

Mas ela teve um retorno súbito a sua vida cotidiana quando seu celular tocou.

— Não acredito! Eu esqueci de desligar essa droga?

E mais surpresa ainda ficou quando, no que correu para o closet e tirou o celular da bolsa, para desligá-lo sem atender, deu com a cara de Marco Polo na tela. Xingou baixinho, então teclou aceitando a ligação:

— Você ligou meu celular à distância com uma de suas engenhocas, garoto? — disse irritada. — Não sabia que isso era possível.

— Não para todo mundo... Muito bem sacado, Ferrinha. Ora... — Marco Polo estava reparando na maquiagem da bibliotecária, agora. — Você tem seus segredos de sábado à noite, não é?

— E você tem segredos o tempo todo, ou acha que consegue enganar todo mundo na cidade? — A irritação de ter sido invadida estava levando Patrícia Altaferro a dizer coisas, e de um jeito que normalmente não diria.

— E no que eu não engano você, Ferrinha?

— Estou na minha noite de folga. O que você quer, Marco Polo? Eu não acho que a Ágata-Maria é culpada.

Agora, se você quer que eu diga alguma coisa contra ela, para você depois sair por aí com essa fama de super-sei-lá-que coisa estranha...

— Eu não sou uma coisa estranha! — replicou o garoto, aumentando o tom da voz. E por um instante olhou com raiva para Altaferro.

— Não... — disse a bibliotecária, sinceramente arrependida. — Desculpe, claro que não é. Eu... falei besteira, desculpe, desculpe...Eu...

— Tudo bem... Passou. Sobre a Ágata-Maria...

— Não foi ela, não pode ter sido.

— Como você tem tanta certeza, Ferrinha?

A bibliotecária ficou séria de repente e, inadvertidamente, enfiou a mão na bolsa e tirou-a, com seus óculos, que colocou no rosto, embora não precisasse absolutamente deles naquele instante.

— Seria contra a natureza dela, não seria?

Marco Polo ficou um instante calado. Pela câmera do celular, a imagem transmitida de Altaferro ampliava-se num enorme close no telão que o garoto tinha diante de si. De repente, ele sorriu:

— Você sabe que isso é pouco, Ferrinha.

— Talvez — murmurou cuidadosamente a bibliotecária. — Mas é só o que posso dizer.

— Duvido... Está é escondendo o jogo.

— Ora, por que eu ia esconder... qualquer coisa?

Marco Polo, em vez de responder, soltou uma risadinha... Ferrinha, com um suspiro de quem sabia que estava entregando o ouro, disse lentamente...

— Bem... Você leu as anotações, não foi?
— Li, e daí?
— Aquilo não é o jeito da Ágata. Ela não escreveria... daquela maneira, entende. O palavreado às vezes soa de alguém... mais velho. E com um conhecimento de coisas técnicas de literatura... Não sei. Não parece ela. Ali, é outra pessoa, não pode ser a Ágata.
— Concordo que não parece ela...
— Então, garoto!
— Mas *pode* ser ela! Não é como ela escreveria, para disfarçar? Parecendo outra pessoa? Além disso, ela é danada de boa nas aulas de Literatura. Ela sabe como esse pessoal entendido no assunto fala, e sabe muito bem imitar *outra pessoa*, quando quer. É como se fosse... criar um personagem, entende, Ferrinha? Um disfarce! Feito nos livros. Essas coisas que a gente que lê muito aprende de ouvido.
— Bem, pode ser, mas...
— Além disso, a pessoa que assassinou o *Assassinatos na Biblioteca* entende muito de literatura policial. E você sabe que Ágata-Maria é danada de boa nisso também.
— Não é muito minha área predileta. Eu quase não leio novelas policiais.
— Ah, sim, você já me disse isso.
— Então?
— Mas conhece todos os aficionados do gênero, aqui da cidade. Havia mais algum na Biblioteca, naquela hora?
— Marco Polo, para que esse jogo para cima de mim? Sei muito bem que você não faria essa pergunta se já não

soubesse a resposta. Quer ver se tento mentir para você, é isso? Só se eu fosse uma idiota. A essa altura, tenho certeza de que você examinou todos os vídeos disponíveis e sabe que havia um bocado de gente do Clube Diógenes por lá, além da Ágata-Maria. Sei muito bem como você trabalha, garoto.

— Pois é... — e Marco Polo deu uma risadinha. — Para quem não é ligada em *policiais*, você sabe bem demais que uma das coisas para matar a charada antes do detetive é justamente prestar atenção em *como* age o detetive. Não é, Ferrinha?

A Bibliotecária quase se irritou novamente, mas se conteve.

— O que mais você quer?

— Como sabe que eu quero mais alguma coisa?

— OK, você venceu, minigênio. Porque você não ia me deixar em paz depois de acertar o primeiro golpe no queixo. Agora vai tentar me mandar pra lona, certo?

— Quem da equipe verificou se o exemplar que vocês receberam estava em boas condições, antes de liberar para empréstimos?

— Minha assistente, Ariadne.

— Hum! Ela de novo. Sabe por que ela detesta tanto a Ágata-Maria?

— Eu não sabia que ela detestava a Ágata-Maria.

— Bem, não é segredo.

— Ela não detesta ninguém. É uma pessoa boa, mas solitária. Fala de todo mundo, até de mim.

— Ah, isso é verdade!

— Hem? O que ela lhe disse?

— Ora, é como você disse, ela não faz por mal.

— Mas...

— Você falou de um atraso na entrega do livro — interrompeu Marco Polo, sem deixar Ferrinha respirar. — Chegou a verificar o que aconteceu?

— Não... foram só dois dias. Quando eu já ia reclamar, os exemplares chegaram.

— *Exemplares?* Você encomendou mais de um?

— Não! — apressou-se a dizer Ferrinha. — É que chegaram outros livros. Chegam livros novos todos os dias. Mas, aquela Ariadne, o que...?

— Não se preocupe com isso, Ferrinha. Não teve nada a ver com o caso. Coisas particulares que ela reparou. Nada *muito* comprometedor.

— Hem?

— Ferrinha, você está escondendo alguma coisa. Não confia em mim?

— Isso é pergunta que se faça? Se eu confio num garoto que não parece um garoto deste planeta e que ninguém sabe se existe de verdade? É isso que você está me perguntando?

— Precisamente.

— Mas e se você for um truque de computador?

— Quem sabe?... Desaforos à parte, você sabe que eu vou acabar descobrindo todos os seus segredos, não é, Ferrinha?

— Quem disse que tenho segredos?

— Imagino que o registro para a entrega dos livros esteja em seu computador, certo?

— Não, numa gaveta no meu escritório, na Biblioteca. Ainda não tive tempo de passar para o computador. Aliás, nem vou fazer isso, já que a entrega foi feita. Mas para que você...? Quer saber o nome da firma que faz as entregas, é isso?

— Eu já sei! — e ele soltou outra risadinha. — Tchau. Aproveite seu sábado. Boa farra!

— Mas eu não vou... Espere aí, garoto! O que você está pensando? O que você... sabe?

O celular se apagou na mão de Ferrinha. E ela pressentiu que ia ser muito difícil voltar ao clima. Sua noite de sábado estava arruinada.

Na Biblioteca Clarissa Aranha, a câmera zumbiu muito de leve e focou nos papéis que Ágata-Maria tinha na mão. Depois, compensou a falta de luz, e com isso Marco Polo, em seu telão, teve a visão perfeita. Ela estava usando uma camiseta do Clube Diógenes com os dizeres: "Descobri a solução de 49 crimes. E você?"

Aliás, essas camisetas haviam sido ideia da própria Ágata-Maria. Grande publicidade para o Clube. Marco Polo sorriu:

— Vamos ver se eu adivinho também o seu próximo passo, Ágata-Maria. Quer dizer, se eu estivesse no seu lugar, o que eu faria?

Minutos depois, Ágata-Maria emergia pelo basculhante do banheiro feminino para fora da Biblioteca. Sua bicicleta estava escondida entre as moitas do jardim. A garota montou e saiu pedalando cautelosamente devagar, até deixar o terreno da Biblioteca. Depois, em vez de tomar o caminho de casa, seguiu outra direção. Por todo o caminho, foi acompanhada pelas câmeras que monitoravam o tráfego, as entradas de estacionamentos, os trechos em frente a bancos e ao shopping. As câmeras simplesmente se desviavam de seus afazeres normais, focavam a passagem da garota e depois retornavam à posição para a qual haviam sido programadas. Nas telas de cada um desses sistemas de segurança, esses breves momentos eram acompanhados por panes momentâneas na imagem, que sumia; a tela ficava negra e retornava segundos depois. O sistema de computador também recebia uma visita rápida, que lhe ordenava que enviasse a imagem captada não para o sistema central, nem para a polícia, mas para um outro destinatário, totalmente inusitado.

Ágata-Maria chegou a sentir alguma coisa, mas não percebeu o que estava acontecendo. Estava acostumada, desde criança, a ter essas sensações, como se estivesse sendo seguida. Dizia que eram suas amigas, as fadas.

Além do mais, no momento, não tinha tempo para ficar se preocupando com isso. Estava quase amanhecendo o dia que podia ser o pior de sua vida. Ela queria já estar na porta da lavanderia — que ficava a três quarteirões de onde dona Ariadne morava —, e lá esperaria que abrisse para a entrega de roupas de domingo, que ía apenas das 7 às 9 da manhã, de acordo com o aviso impresso no recibo, que estava na gaveta da assistente de bibliotecária, na qual Ágata-Maria também andara xeretando. Depois, tinha ainda de verificar uma outra coisa, depois mais outra, e chegaria a tempo para uma assembleia extraordinária do Clube Diógenes, convocada pelos sócios que pretendiam não apenas afastar Ágata-Maria da presidência, mas também expulsá-la do clube. Por todo o trajeto, a garota era perturbada pela visão de um rosto, que bem queria conseguir afastar — seu pai.

11

O SUJEITO QUE GOSTAVA DE CACHORROS

O perpetrador do assassinato do *Assassinatos na Biblioteca* não deixaria escapar o retorno de Umberto Dupino, o Berto, à trama. Faria uma anotação para o leitor, no espaço da página em branco do final do capítulo anterior, nestes termos: "Manobra muito bem conduzida de camuflagem do culpado, Berto. Ele sumiu da história por alguns capítulos, nos quais muita coisa excitante aconteceu, inclusive mais dois assassinatos e um desaparecimento — e com isso o autor *esfriou* o personagem. Mas ele retorna agora, sem ligação nenhuma, aparentemente, com os crimes. Só que você, principalmente se acompanha as aventuras da tenente Japp, sabe muito bem que alguma luzinha já se acendeu dentro dela, ligando as duas coisas, não é? Não imagina o quê? Ou você é dos *bons*? Vai precisar do sargento Oliver para matar esta, vai?"

Isso mesmo, o perpetrador que estamos caçando se dá o direito de debochar de sua vítima, o leitor deste policial, justamente aquele que teve seu entretenimento estragado pela intromissão do perpetrador. Qualquer leitor fã de policiais ficaria morrendo de ódio, querendo trucidá-lo.

Daí se explica um pouco da raiva dos sócios do Clube Diógenes contra a principal suspeita, Ágata-Maria. Que, aliás, é uma das únicas pessoas na cidade com conhecimento suficiente da técnica de composição dos *policiais* e dos livros de Hastings (e destas a única que, segundo se sabe, teve o livro na mão) para ter enxergado, com tanta propriedade, esse *esfriamento* de Berto. Sim, todos sabem que Ágata-Maria é das *boas*. E isso talvez seja a principal evidência, agora, que a incrimine, por mais imaterial que pareça.

Mas, retornando ao *Assassinatos...*, a detetive Japp e o sargento Oliver encontaram Berto no quintal de sua casa, brincando com seu miniatura Schnauzer.

— Esse cara não faz mais nada na vida? — perguntou baixinho o sargento Oliver, quando chegaram à porteira do jardim. — Era assim mesmo que estava quando apareceu na tevê.

A tenente sorriu:

— A loja dele deve estar indo muito bem.

— Provavelmente estaria, com toda essa propaganda, se ele a abrisse de vez em quando. Faz uma semana que ele não arranca uma única pulga de um cachorro ali. Está vendo, tenente? Fiz meu *dever de casa*.

— O que eu estou vendo é que se você não tivesse arrematado a sua fala com esse maldito clichê de tira, ia parecer bem mais esperto, sargento.

Oliver revirou os olhos, desolado. Decididamente, não parecia capaz de impressionar a chefe.

— Ainda não entendi por que estamos aqui — reclamou ele.

— Que bom que eu entendi, não é?

E aqui vamos pôr *em espera* o *Assassinatos...* porque nas margens dessa página o perpetrador anota, em letra bem apertada: "Lembra que a tenente comentou que esse crime tinha a ver com o passado, não é? Claro que, se o sargento Oliver *ligasse* as pistas que nem a tenente, perderia a sua função na história. Aliás, ambas as funções, a de *sidekick* e a de saco de pancada da Japp, essenciais para um toque de humor. Note que, na construção da dupla — como os dois contracenam, ou dito de outro modo, como trabalham juntos em cena —, o fato de a tenente ser chamada pelo sobrenome, e o sargento, pelo nome próprio, tem relação. Aliás, Raven Hastings nunca informou a você o sobrenome do sargento, sendo que o tesão dele pela tenente, na qual ele não se atreve a investir, o coloca numa posição ainda mais *inferior* à da chefe. Tudo isso entra no jogo dessa dupla."

Sobre essa questão do nome, não seria totalmente fora de propósito acrescentar que, chamando o sargento de Oliver, sem sobrenome, o leitor pode imaginar um Oliver qualquer, inclusive Oliver Twist, personagem de Charles Dickens, bastante popular e tradicional na literatura inglesa, e que, no romance que tem seu nome como título, é um *órfão desprotegido.*

Agora, retornando, bem ao ponto em que o mais do que sorridente Berto abre a porteira de seu jardim e deixa Japp e Oliver entrarem. O miniatura Schnauzer vem logo atrás, sem latir — porque não é uma raça de cão escandalosa —, mas buscando intimidade. A tenente detesta cachorros. O sargento gosta deles. E acha aquele Schnauzer bastante simpático. Vai daí...

— Bom-dia! — recebeu-os Berto Dupino, com um largo sorriso, especialmente dirigido à tenente, para irritação imediata do sargento Oliver.

E a tenente sorriu também, ao mesmo tempo que apresentava seu distintivo.

— Podemos tomar um pouco do seu tempo, senhor Dupino? Estamos investigando...

— Os assassinatos no Gabinete de Leitura. Claro que estão... Só não sabia que havia detetives tão lindas na polícia, ou já teria virado suspeito há muito tempo... — e, examinando o distintivo, completou... — tenente!

— Vera! E o senhor não é suspeito, quem disse isso, senhor Dupino?

— Berto. Querem entrar para tomar um café? Espero que não se incomodem com o Moriarty. Mas ele é um cachorro muito bonzinho. Nem late.

(Nota necessária: O perpetrador do assassinato contra o *Assassinatos...* escreve aqui: "**Lembre que o professor James Moriarty é o arqui-inimigo de Sherlock Holmes, classificado por ele como o maior criminoso de todos os** tempos, embora consiga se manter desconhecido do público e da polícia.")

— Ora, me importar, eu? — E mantendo o jogo de troca de sorrisos, a tenente Japp, que, deve-se insistir aqui em destacar, não suportava cachorros, agachou-se e fez um cafuné em Moriarty. — Adoro cachorros. E o seu parece muito, muito fofo. Um café seria ótimo, muito obrigada. Vamos entrar, sargento?

Oliver grunhiu alguma coisa, que poderia ser uma ameaça de morte tanto contra o Schnauzer — e ele, sim, adorava cachorros — como contra o seu dono-só-sorrisos-para-sua-chefe. Mas seguiu-os de perto, prestando bastante atenção onde Berto Dupino punha as mãos. Naquele momento, um dos braços do dono da casa estava passado sobre o ombro da tenente.

Já servindo o café, Berto indagou:
— Então, como andam as investigações?
— Não temos pista alguma, Berto. Trata-se de um caso bastante estranho. Viemos até aqui pensando que talvez você pudesse nos dar alguma luz?
— Ora... Como Sherlock Holmes era procurado pelos detetives da Scotland Yard?
— Isso mesmo! — e Japp abriu ainda mais o sorriso, cravando os olhos nele. Berto era um homem bonito, talvez um tipo mediterrâneo, alto mas não muito (o sargento, desdenhosamente, já havia avaliado que era pelo menos dez centímetros mais alto que ele). Cabelos revoltos, fartos, olhos escuros.

— Ora, mas para isso eu ia precisar ser um Sherlock Holmes. E não passo nem perto. Se quiser consultoria sobre cachorros, disponha. Tem um cachorro, Vera?

— Não. *Ainda* não. Mas tenho pensado nisso. Pelo que entendi, o senhor não é muito ligado nessas velhas histórias de sua família.

— Nem um pouco. Do que me serviriam? Tenho minha vida. Você sabe, o velho Dupino era muito rico, mas resolveu não deixar nada para sua única filha. Assim, eu não nasci, propriamente, um Dupino.

A tenente nem por um momento tirou os olhos do rosto de Berto Dupino. Reparou que suas faces estremeceram, por um brevíssimo instante, com o comentário. Mas Japp também não parava de sorrir para Dupino, o que envaidecia o homem e o animava. A tenente mantinha cara de quem assiste a seu time ser goleado em seu próprio estádio.

— Mas, Berto, você manteve o sobrenome de família. No entanto, se a filha do velho Dupino se casou...

— Ah... bem, uma mania de família, sim. Isso sim. Um capricho. Meu sobrenome é Simenon.

— Bem, e nada passou, digamos, de pai para filho... Ou de mãe para filho, desde...?

— Desde um século atrás, quando o velho Dupino morreu? Não. Na verdade, a maior parte do que sei hoje sobre toda essa história, inclusive sobre o Gabinete, li nos jornais e vi na tevê, nos últimos dias. Aquilo parece uma casa mal-assombrada, hem? Como um daqueles castelos de terror onde... Bem, onde mortos-vivos podem mesmo estar escondidos nas paredes.

— Tem gente que acredita que é o velho Dupino que está cometendo esses crimes todos. E que a expressão de terror das vítimas se deve a elas verem, cara a cara, o cadáver decomposto, sabendo que ele vai matá-las.

Berto ficou um tempo parado, olhando incrédulo para Japp. Mas logo soltava uma gargalhada, acompanhado então pela tenente Japp:

— Ora...Você não acredita nisso, não é, querida?

— Não... de todo, Berto. Sabe como é. Não creio em fantasmas. Mas... que eles existem...

— Existem...! — completou Berto, e soltou outra gargalhada, também efusivamente acompanhada pela tenente.

— Tudo é muito confuso nesse caso. Para começar, como as vítimas são sequestradas, em plena Biblioteca? E como voltam, quer dizer, como seus cadáveres retornam, sem deixar marcas nem pistas, nada? Também não sabemos ainda como as vítimas são mortas, acredita? Parece que elas simplesmente... morrem. Não é nada natural, não é?

— Está me dizendo que a polícia está perdida no caso, Vera?

— Totalmente. Assim, imaginei se alguma história de família, um comentário, boato, lenda, alguma coisa... qualquer coisa... quem sabe ajudaria a elucidar um desses pontos, ou nos dar uma pista... será que consegue lembrar de algo, Berto? Por favor, tente.

— Nada, Vera... sinto muito... Pelo menos por ora. Mas prometo que vou me esforçar. Depois, quem sabe... Um jantar?

O rosto do sargento ficou vermelho. Por pouco, ele não chiava pelas narinas como uma panela de pressão.

— Sim, claro... Mais uma coisa... Você é casado, Berto?

— Ora, e eu estaria chamando você para jantar se fosse?

— Bem... quem sabe? Meu cartão. Ligue a qualquer hora que precisar.

— Certamente.

Berto Dupino os acompanhou até a porta, mais sorridente ainda do que na entrada. Parecia bastante satisfeito, como se tivesse ganho o dia, ou mais — a noite. Japp ainda se virou, na porteira do jardim, para lhe mandar um adeuzinho, e logo entrava no carro com o sargento. Só que quando Oliver virou-se para ela, ainda sentindo zumbidos nas têmporas, a expressão da sua chefe havia se transformado inteiramente. Era a mesma, agora, que teria um gavião, ao avistar um rato estropiado, lá embaixo no chão, tentando alcançar sua toca.

— Ele *é* nosso assassino, Oliver.

O sargento ficou olhando para a tenente por dois segundos, depois soltou o ar preso, num *Ufiiiu!* de alívio.

— Dessa vez, você enganou até a mim, tenente. Jurava que estava caindo na cantada desse pamonha.

— Ficou louco, Oliver? — irritou-se a tenente.

— Bem, mas como você adivinhou...?

— Eu *sei* que foi ele! Vou explicar, sargento. Mas primeiro tenho de confirmar uma coisa.

A tenente sacou seu celular e ligou para Gutta, a legista da delegacia de homicídios.

12

RAVEN HASTINGS

Não é à toa que nos *policiais* de Raven Hastings sejam tão comuns esses personagens, como Augusto Dupino, que não têm passado, que surgem do nada, como quando começou a ganhar notoriedade em Baltimore. São tipos misteriosos que parecem ter apagado quem eram até então e iniciado uma outra vida sem nenhum registro anterior, nem pendência, nem ligações. Tudo sugerindo que têm muita coisa oculta, que não pode ser descoberta, segredos perigosos a quem se atrever a invadi-los.

De certo modo, o próprio Hastings é assim. Ninguém o conhecia até que, cinco ou seis anos atrás, lançou seu primeiro *policial, Assassinatos na Cripta*. Foi um sucesso mundial. Foi também a estreia dos protagonistas de Hastings, a tenente Japp e o sargento Oliver, que justamente formaram pela primeira vez sua dupla para investigar esse caso.

A partir daí, toda a imprensa saiu à caça, procurando descobrir tudo sobre o novo gênio do crime. Mas bateu de cara na muralha com que a editora — com filiais em inúmeros países — protegeu seu best seller. Tudo o que se conseguiu do autor de *Assassinatos...* (todos os *policiais* seguintes de Hastings têm o título iniciado pela palavra *assassinatos*) foram os resumos (*releases*), preparados pela editora. Nada de fotos.

Esses resumos confessavam (ou simulavam) logo de cara que também a editora não estava informada com precisão sobre a biografia de seu autor, nem mantinha contato direto com ele, mas somente por intermédio de computador e advogados. Dava como idade aproximada atual de Hastings 40 anos, nascido na Europa Oriental, ou talvez na Turquia. Sua formação seria ligada a Psicologia. Talvez fosse um psiquiatra, até começar a fazer sucesso.

À medida que a popularidade de Raven Hastings aumentava no mundo inteiro, também foi aumentando o prêmio por sua cabeça, ou seja, por informações comprovadas sobre quem ele era, de onde veio, se nasceu de ovo ou de chocadeira. Mais do que tudo, ofereciam-se fortunas para quem apresentasse uma foto comprovada do escritor, que conseguia ser mais misterioso do que as tramas que escrevia. Nas feiras e eventos de fãs de literatura policial, sempre circulavam boatos de que Hastings estaria presente, anônimo, assistindo aos debates. Assim como em outros eventos ao redor do mundo. Numa época, circulou a notícia de que ele era fã de uma banda de rock chamada *Haunted Souls*. Todo show da banda passou então a arrastar uma pequena legião de repórteres, encarregados especificamente de procurar Hastings.

Mas como se encontra alguém quando não se sabe a quem procurar?

Houve também boatos de que Raven Hastings não existia, que se tratava de uma equipe de escritores, contratada pela editora, para, no maior segredo, escrever os livros. Os fãs ficariam extremamente decepcionados se fosse verdade. Parece que precisam de um personagem *real* para criar personagens *de ficção*. E no fundo, quando compram um livro de Raven Hastings, compram junto o mistério que envolve o autor. Por isso, a editora se apressou a desmentir enfaticamente o boato. Garantiram que Raven Hastings era uma pessoa *real*, embora não soubessem precisar em que pedaço da *realidade* ele se esconde.

Toda essa confusão, aparentemente, jamais perturbou o personagem principal, Raven Hastings. Suas histórias eram cada vez melhores, cada vez mais apreciadas, já havia clubes e comunidades na Internet de fãs da dupla Japp e Oliver, alguns exigindo que eles engrenassem um namoro, ou algo mais apimentado, outros defendendo que, se fizessem isso, as histórias iam perder toda a graça — era essa a maior polêmica da série. Já estavam anunciando versões cinematográficas para a dupla, além de jogos de tabuleiro e de computador para adolescentes e toda uma grife de produtos diversos. Havia mulheres que escreviam tresloucadamente para a editora, exigindo que Hastings revelasse detalhes, e talvez até a etiqueta, os fabricantes, das roupas íntimas da tenente Vera — sempre alardeadas nos *policiais* de Raven Hastings.

O próprio Hastings vivia recebendo cartas de amor, por intermédio da editora — propostas diversas de suas leitoras, algumas com elogios, outras ardentemente apaixonadas.

13

IMPEACHMENT

Na manchete daquele dia do jornal mais lido da cidade, lia-se: VAI SER PEDIDO HOJE IMPEACHMENT DA PRESIDENTE DO CLUBE DIÓGENES. E o subtítulo: SUSPEITA DE DANIFICAR LIVRO EM BIBLIOTECA SERÁ JULGADA PELOS DEMAIS SÓCIOS EM SESSÃO EXTRAORDINÁRIA. A edição local do jornal da principal rede de tevê do país esperava, com toda a redação a postos, o resultado do julgamento para dar a notícia.

Tanto alarde refletia várias peculiaridades da cidade que era a Capital Nacional da Literatura. Os clubes de leitura disputavam a primazia — cada qual queria ser o maior e o mais importante, numa rivalidade que só era menor do que a das torcidas dos dois principais times de futebol do estado, o Tricolor e o Colorado. Aliás, todo o estado, principalmente a região serrana, tinha um excelente índice de leitura, particularmente de literatura. Havia várias feiras e eventos que disputavam, tanto por razões comerciais quanto culturais, o lugar de maior, de mais concorrida em número e importância de autores palestrantes e oficineiros, de a mais charmosa etc.

Ou seja, naquela cidade não se admitia, era um escândalo que a presidente de um clube de literatura fosse flagrada vandalizando um livro, e logo numa biblioteca.

"Um bem público! É a mesma coisa que se a guria tivesse roubado o diacho de livro! Nossa população foi lesada!" Esse foi um comentário escutado num bar, da boca de uma autoridade local, e reproduzido numa coluna de fofocas do jornal, naquela manhã. Claro que tanto o comentário no bar quanto a notinha na coluna de fofocas não deixavam de lembrar que Ágata-Maria Malovan era "filha de Jaime Malovan, recentemente preso pela Polícia Federal, e ainda detido na capital do estado, indiciado por...".

Além do mais, o Clube Diógenes não era apenas mais um clube de leitura. Era um dos maiores, dos mais tradicionais. Havia membros que eram filhos de membros, e os fundadores do Clube ainda vivos eram homenageados sempre, nas festas da cidade. Os já falecidos viravam nomes de praças e ruas.

Ágata-Maria chegou ao clube de mãos dadas com a mãe. Dona Janete não era sócia, mas, dada a situação, e como Ágata tinha somente 15 anos, lhe deram licença para ficar ao lado da garota. Mas não teria direito à palavra.

O incidente da Biblioteca Clarissa Aranha foi recontado algumas vezes pelos membros do Clube presentes na ocasião. Foram lidos também os depoimentos da bibliotecária Patrícia Altaferro e Ariadne Styles Azevedo de Mattos. Mas o depoimento mais esperado era do detetive-consultor, contratado extraoficialmente (embora todos soubessem quem fora o contratante) pelo prefeito, um dos membros do Clube. Tratava-se do depoimento de Marco Polo. E a expectativa geral era de que assistiriam, pela primeira vez ao vivo e na vida real, a uma daquelas cenas de final de novela policial, na qual o detetive reúne todos os suspeitos, fala de um por um, faz charme, joga de um lado para outro e acaba desmascarando o culpado. Na verdade, tudo parecia perfeitamente montado para algo assim.

As luzes se apagaram, uma tela de plasma se acendeu e, contra um fundo neutro, surgiu a imagem de Marco Polo, falando em transmissão em tempo real.

— Boa-tarde a todos — disse o garoto.

— Boa-tarde, Marco Polo — disse o presidente da assembleia. — Estamos ansiosos pelo relatório das suas investigações. Mas talvez você tenha algo além disso.

Marco Polo sorriu.

— Bom, todos aqui já tomaram conhecimento das pistas. Foi tudo noticiado pela imprensa...

— Mas talvez... — sugeriu o presidente da assembleia — você tenha ocultado alguma coisa, uma pista-chave da qual o perpetrador não poderia tomar conhecimento. Ou uma isca, ou...

— Nada no gênero! — cortou Marco Polo. — Não, todos ficaram sabendo de todos os detalhes do caso pela imprensa.

Um sócio pediu a palavra.

— Tivemos a notícia de que a Biblioteca foi invadida nesta madrugada. E também a transportadora que entregou o livro, e até uma lavanderia, num bairro da cidade. Parece que não levaram nada, mas... Ora, alguém está destruindo provas, não está? Um grupo aqui do Clube foi a esses locais investigar.

— E encontraram alguma coisa? — indagou Marco Polo, meio cínico.

— Não, mas...

— Como eu imaginei — cortou o garoto-detetive, no telão. — Não creio que tenham ligação com o caso. Talvez, uma coincidência.

Houve protestos, muxoxos, grunhidos. O presidente da assembleia pediu silêncio e retomou as perguntas...

— Bom... Mas suas investigações, os indícios encontrados...

— A única coisa de que tenho certeza — respondeu Marco Polo — é que o culpado é um entendido em literatura policial. Isso, pelos comentários que anotou no livro, que são justamente o delito cometido.

— Ora — resmungou o presidente da assembleia, impaciente. — Então tem de estar nesta sala. Aqui se reúnem todos os fãs de novelas policiais da cidade.

— Não posso dizer nem que sim nem que não — respondeu Marco Polo. — O fato é que não há provas conclusivas. Ora, sei que muitos acham que a única pessoa que poderia perpetrar o crime é a atual presidente do Clube, Ágata-Maria Malovan. Ela teve a oportunidade de cometer o *assassinato* de *Assassinatos*...

— E teve motivos também — grunhiu um sócio, justamente o candidato a presidente derrotado por Ágata-Maria na eleição para o cargo. — Ou melhor, pode não ser culpa dela, mas o momento que ela está passando... e essa obsessão por Raven Hastings...

— Nada disso é prova. Ninguém a viu rabiscando o livro. Seria muito difícil fazer todas aquelas anotações dispondo somente do tempo em que ela esteve sozinha, a descoberta da arma do crime não levou a lugar nenhum, e finalmente não se pode esquecer que foi ela mesma que denunciou, e aos berros, que o livro havia sido *assassinado*.

— Tudo isso pode ser... — insistiu o tal sócio

— Pode ser e pode não ser. É o que tenho a dizer a vocês. Investiguei muitos casos aqui na cidade e em outros lugares. Vocês sabem disso. O que esquecem é que essa fama de que resolvo todos os casos é exagerada. Isso aqui não é uma novela policial. Não há ninguém manipulando personagens e episódios para que as coisas se encaixem no final. O que eu descobri por experiência própria é que há casos que simplesmente jamais são solucionados. Não podemos acusar ninguém porque há mais dúvidas e lacunas do que certezas. Este crime parece não ter solução!

Um *Oh!* de consternado horror percorreu a plateia. Uma declaração dessas, justamente num lugar que cultuava, como se fosse algo sagrado, a solução de crimes, foi simplesmente um choque. O silêncio pesou no ambiente por alguns longos segundos.

— Mas... mas... — balbuciou finalmente o presidente da assembleia. — O que você realmente quer dizer é que por enquanto...

— Dá licença, seu presidente. Eu mesmo digo o que eu quis dizer. E é que eu não acredito que esse caso possa ser resolvido, e que portanto apresento aqui e agora minha demissão. E não precisam me pagar, já que eu não achei o culpado. Creio que depois dessa nunca mais chamarão Marco Polo, o detetive-consultor. É uma pena. Foi um bocado divertido enquanto durou. Para todos, novamente, bom-dia, e adeus.

— Assim, sem mais nem menos? — gritou irado o presidente da assembleia, levantando-se da cadeira. — E que história é essa de *divertido*? Para nós isto é coisa séria. É o que dá chamar um menino para...

Mas, quando viu, o prefeito estava falando para a tela de plasma apagada. As luzes do salão se acenderam. Mais alguns instantes de pausa, em que ninguém sabia ao certo se deveria permanecer ali, ir embora, ou mesmo o que dizer. Então, Ágata-Maria se levantou, sempre segurando a mão de sua mãe.

— Quer dizer que eu não vou mais receber o *impeachment*? Não vão me demitir da presidência nem me expulsar do clube? — disse, os lábios tremendo. Todos olharam para ela, ninguém respondeu. Ainda o silêncio da plateia, e muitos sem conseguir erguer a cabeça. Ágata-Maria tomou fôlego, e então disse, com voz engasgada, chorando muito: — Eu renuncio à presidência do Clube Diógenes. Agora e para sempre!

— Ágata-Maria, não... — murmurou um sócio, um garoto, e logo outros também.

Mas a garota já estava se retirando com sua mãe. Ela e dona Janete foram direto para casa e, no minuto seguinte, Ágata-Maria estava em sua bicicleta, nas ruas, tomando, ansiosa, o rumo do Largo da Literatura.

14

O MORTO-VIVO-SERIAL-KILLER

— Vamos supor, sargento — começou a tenente Japp...
— Supor? — estranhou Oliver.
— Sim... supor! Precisamos trabalhar primeiro com uma suposição.
— É que... tenente, sabe o que diz o manual... Tiras não supõem coisa nenhuma. Somos treinados para não supor. A gente vai para onde as pistas levam. Não trabalhamos com suposições.
— Droga, é por isso que eu não confio em inteligência de tira.
— Mas... tenente...
— Este caso é assim, sargento — replicou irritada e, principalmente, em enorme agitação a tenente, querendo logo trabalhar no ordenamento das ideias. — Vamos chamar isto de *pensar diferente*, OK?
— Eu não sou um idiota, tenente.
— OK, vou lhe dar o benefício da dúvida. Então...

(E nessa altura o *perpetrador* anotou na margem das páginas em que corria esse diálogo: **"Repare que ao mesmo** tempo que Oliver faz seu papel de *sidekick*, dirigindo à tenente as perguntas que podem levá-lo, e aos leitores, a compreender qual foi a *corrente de pensamentos* que ocorreu a ela, vai desempenhar outra função essencial nessa dupla: é Oliver que funciona como âncora de Japp, ele é quem exige que ela *aterrisse*, ou, como se diz, que ponha os pés na terra. Ela sabe disso, no fundo sabe que precisa dessa contribuição de Oliver. É uma excelente dupla, esta.")

— ... Então, vamos supor que o assassino seja o velho Augusto Dupino. Com seus cento e tantos anos de idade.
— Impossível, tenente.
— Mas há pistas que nos levam a isso. Tudo indica que se trata do mesmo método de assassinato.
— Nós não sabemos isso ao certo... Aliás, como ele mata as vítimas? Isso, não descobrimos.
— Descobrimos. A Gutta acabou de me dizer. Potássio.
— Hem?
— Parada cardíaca provocada por uma dose elevadíssima de potássio. Era injetado numa veia na cabeça. A marca da agulhada era disfarçada pelo couro cabeludo. Por isso, nunca ninguém a achou, até eu mandar raspar a cabeça das nossas três vítimas. E nunca também se deram ao trabalho de verificar a quantidade de potássio no sangue (mesmo quando esses testes já existiam), porque potássio a rigor não é veneno, a não ser quando entra numa dose tão alta na corrente sanguínea, como a que foi aplicada pelo assassino nas vítimas. Então isso não é

um exame que se faça normalmente, não está na rotina do legista. Faz parte do *pensar diferente* de que estou tentando convencer você.

— Mas como *você* desconfiou, Vera... tenente? — indagou Oliver, vivamente admirado.

— Já foi feito antes. Está nos livros de casos raros, resolvidos pela polícia, no mundo inteiro. Nos capítulos sobre *assassinatos sem indícios*. — O sargento começou a balançar a cabeça, quase sem acreditar que a tenente tivesse pensado numa possibilidade tão inusitada. O que não sabia é que esse tipo de leitura era não só a favorita, mas a obsessão de Vera Japp, resolvida a não ser feita de boba por um assassino usando um método original. — Ainda há alguns pontos a serem resolvidos, e preciso conversar melhor com a Gutta, mas isso fica para depois. O importante *é* o que temos. Assassinatos cometidos da mesma maneira há um século. Ou melhor, tanto o assassinato como a ação de cometer o crime sem ser pego. Seja lá como isso é feito, o que vamos descobrir depois.

— Não estamos deixando coisas demais para *depois?*

— Hum... Mais ou menos. Mas temos de nos concentrar na possibilidade de os mesmos métodos estarem sendo empregados desde a primeira vítima até hoje. Isso é fundamental...

— ... Para toda sua hipótese funcionar. Já entendi. Só que, mesmo sendo o mesmo *modus operandi*, não pode ser o mesmo cara!

— Exatamente, sargento. Não pode. Ainda assim o método é o mesmo. Ou pelo menos...

— ... Pelo menos você *supõe* que seja o mesmo... E disso chegou ao pamonha dono do Schnauzer...

— E que, se não é o mesmo assassino...

— Ah, eu estava começando a ficar zonzo...

— Temos que considerar que quem conhece esse método, e em detalhes, e como tudo funciona, é alguém de hoje que teve contato direto (porque isso é coisa que só se conta de boca-para-orelha) com o assassino (ou assassinos) dos assassinatos anteriores no Gabinete de Leitura. Outra coisa...

— Estou acompanhando. Um passou para o outro...

— Sim, porque se fosse o serial-killer-centenário, o morto-vivo, era uma coisa. Mas se são mais de um assassino, então não estamos falando de um louco compulsivo, com uma fúria de matar que fuja ao seu controle. Estamos atrás de alguém, de hoje, que tem um propósito com essas mortes. Que espera ganhar alguma coisa com isso. Assim como seus antecessores, todos com o mesmo motivo para o crime. Eu disse a você que sentia que essa história tinha mais a ver com o passado do que com o presente. Tudo naquele Gabinete é passado. Tudo ali parece parado no tempo. Há coisas ali que sempre estiveram onde estão hoje. Esses crimes então são sobre algo do passado, mas, se são cometidos por alguém de hoje, então essa pessoa recebeu as orientações de como cometê-los de alguém do passado. E só pode ter sido do assassino. Um assassino que passa tudo para alguém mais novo, que vai sucedê-lo, essa é a ideia que fica me martelando! Algo que vem passando de geração em geração. Como um segredo de família. Uma herança.

— Mas não tem herança nenhuma em jogo. O Gabinete é da cidade de Baltimore. O que poderiam ganhar matando essas pessoas?

— Não se prenda a palavras, sargento. Além do mais, há boatos sobre um tesouro.

— Boatos não...

— Eu sei — irritou-se Japp. — Boatos não são provas. Mas são indícios. De alguma coisa. Principalmente porque esse tesouro, se existe, nunca foi encontrado. Está em algum lugar, esperando... quem sabe o quê ou quem? E ainda por cima há o método de assassinato. Um método que jamais foi descoberto. E que alimenta essa lenda do fantasma de Augusto Dupino: pessoas que aparecem mortas sem nenhuma pista de como isso aconteceu. E com uma expressão de horror no rosto. E que surgem do nada, como se tivessem sumido, enquanto percorriam as estantes, dado uma passada no Outro Mundo, onde foram mortas, e reaparecessem, agora. Quero dizer, os cadáveres. E temos ainda os *desaparecimentos...*

— Tenente, pare um instante por favor — pediu Oliver, e Japp sentiu que era mesmo hora de tomar um fôlego. — Ou seja, se você está *achando* direito, esta história tem a ver com o tal boato sobre o tesouro, tem também a ver com uma herança... no caso nunca recebida... e com um segredo de família... esses... assassinos deserdados...

— Bravo, sargento! — E Japp voltou-se para seu assistente boquiaberta; Oliver teve esperança de que ela o beijasse, na empolgação, mas se a tenente teve esse impulso, conteve-se. — Que beleza de tiro! Esses mesmos, os deserdados! Berto Dupino é descendente de uma família que foi deserdada pelo seu fundador.

— ... E vem passando segredos de um para o outro, há um século, o segredo do tesouro e de como cometeram os crimes, de geração em geração, até chegar em Berto Dupino.

— Exatamente. É isso, ou o morto-vivo-assassino-em-série é o culpado de tudo. Só que mortos-vivos não aplicam injeções de potássio em suas vítimas.

— Tenente! Pelo amor de Deus... Essas são as *provas* que você pretende apresentar ao promotor, para que ele leve isso para julgamento? Vai dizer a ele que o culpado tem de ser o Berto Dupino porque não pode ser uma assombração?

A tenente respirou fundo e balançou a cabeça desolada.

— Eu já tinha pensado nisso, sargento. Tudo tão certinho, se encaixando tão bem, mas... Que coisa chata, não é? Detesto esses casos em que as provas cismam de não aparecer, quando a gente *sabe* que elas estão bem na nossa cara.

(E o perpetrador do assassinato de *Assassinatos*... anotou seu comentário: "Então, sobre essa tenente Japp, eu não disse? Padre Brown vê as mesmas coisas que os demais personagens, mas enxerga o que ninguém mais enxerga. Miss Marple também, ela vê um quadro na parede, por exemplo, e *imagina* como o assassino ou assassina, no meio de uma conversa com alguém, olha para aquele quadro, por acaso, e enxerga algo que o leva a decidir a matar, e matar a pessoa com quem está conversando. Japp é dessa tribo, não *da outra*, a dos sabujos, que *seguem pistas para ver aonde isso leva*. Belo personagem, hem? E ela e Oliver, belíssima dupla, essa, hem? Esse Raven Hastings é demais!")

15

COMO MATAR UM LIVRO POLICIAL

Ao chegar ao Largo da Literatura, Ágata estacionou sua bicicleta, tirou a mochila das costas e sentou-se num banco, olhando para todos que circulavam por lá, ansiosa. Estava usando uma camiseta do Clube Diógenes com os dizeres: "A vida não tem graça sem mistério."

Ia revivendo cenas. Ainda se lembrava que, quando era pequena, havia aquele menino da sua idade de quem era tão amiga, e tão queridos, os dois, que, quando se viam, se abraçavam e ficavam de mãos dadas, passeando e conversando. Ela dizia para todo mundo: "Eu amo o Marco Polo." E escutara várias vezes ele dizer: "Eu amo a Ágata-Maria." E ninguém mais a chamava assim, somente ele.

Um dia, o menino foi levado embora, e eles nunca mais se viram frente a frente, a não ser anos, anos depois — ela tinha 9 anos, então, quando seu celular tocou e era ele. E ficaram horas conversando, se gostando tanto quanto antes.

Mais uns poucos anos à frente, e um dia o menino apareceu na tela de seu computador e disse, olhando para ela: "Olá, Ágata-Maria Voltei!" Ela soltou um berro, porque o reconheceu no ato. E perguntou: "Onde você está?" Mas isso, ele nunca respondeu.

Cresceu depressa a lenda de Marco Polo, o menino-gênio que jamais saía de casa (cuja localização ninguém conhecia, mas acreditavam que fosse nos arredores da cidade), o detetive que ia resolvendo casos cada vez mais difíceis, nos quais os policiais adultos empacavam, como o roubo dos CDs da empresa de mineração, com segredos de áreas ricas em jazidas, ou a adulteração dos cadastros de propriedade da municipalidade, que fez muitas propriedades públicas *virarem* privadas, de repente, e mais tantos e tantos, para autoridades e particulares. Isso tudo começou nessa época.

Para Ágata, não foi nada disso que significou a volta de Marco Polo. Ela conversava com ele tarde da noite, algumas vezes por semana. Discutiam *policiais*, vida, coisas, batiam papos desses de rir de bobeira... Como se jamais tivessem se separado.

Ou quase...

"Quase, MP...", pensou ela, lá sentada, no Largo, esperando. "Só que *quase* não é a coisa de verdade, a coisa pra valer..." E era isso que ela esperava. Esse foi um dos motivos da história toda. E ela apostava que ele, agora, ia aparecer. E abraçá-la de verdade.

Era o final perfeito...

("Final", ela costumava dizer, nas discussões do Clube Diógenes, sobre tramas policiais, "é na última página do livro ou na última cena do filme. Enquanto não acabar, mas acabar *mesmo*, o que parece final pode ser mais um truque do autor para surpreender o leitor... com um final para valer, de alto impacto! Daí, se o mistério parecer resolvido, mas ainda houver coisa para se ler... Desconfiem!")

... o final necessário, o final que a trama exigia. Ele aparecia e a ajudaria *naquela coisa*, naquele pedido que ela só poderia fazer a ele e a ninguém mais no mundo, e que não tinha coragem nem de repetir para si mesma. Não com frequência, não assumindo que era o que pretendia. Ela queria que ele, de verdade, aparecesse ali, na sua frente, e sabia que ele havia entendido isso. Tanto que não abriu seu computador, para conversar com ele pela tela, nem ligou o celular.

Só que as horas passaram, duas, três, e ela se convenceu de que ele não viria. Seus lábios começaram a tremer de novo e, quando viu, estavam molhados, o rosto inteiro estava molhado, inchado, ardendo. Ela começou a soluçar e assim mesmo como estava, sem se importar em disfarçar para ninguém que a visse, montou na bicicleta.

Foi quando o seu celular tocou. Ela o abriu correndo.

— Eu quero você ao vivo — disparou, sem se mostrar surpresa por um celular desligado ser acionado à distância. Ou por outra... pelo sim, pelo não, olhou em volta de novo, mas logo soltava um frustrado suspiro.

— Desde o começo desse caso, eu dizia que o culpado tinha de ser um superentendido em *policiais*. Daí, Ágata-Maria, você sabe muito bem do que eu estava falando. Se não fosse você, só podia ser eu.

Ágata-Maria sorriu, entristecida, e disse:

— Mas eu queria que você soubesse que fui eu.

— Eu sei... Por via das dúvidas, chequei outros suspeitos...

— Ferrinha, dona Ariadne, e interrogou elas, deixou elas pensarem que eram testemunhas, e não suspeitas.

— Claro... A tal Ariadne... Tem algo nas entranhas dela que odeia você. O que se vai fazer? Nem ela deve saber direito o que é. Mas não pensa nem um passo fora da linha. E não entende de policiais, a não ser o mais trivial. Já a Ferrinha...

— Ela entende.

— Não tanto quanto era necessário...

— Bem, ela esconde um pouco... Tem... bem, não sei direito qual é o lance ali.

— Eu sei, Ágata-Maria.

— Sabe?

— Ela escreve cartas de amor para o Raven Hastings. Já até pediu a ele que a sequestrasse. E uma meia dúzia de vezes.

— Jura?

— Verdade... As taras dela têm todas a ver com literatura policial. Daí, o gosto dela pelos *policiais* virou... inconfessável. Mas então... Você vigiou as entregas na biblioteca para saber quando o *Assassinatos* chegava e invadiu o prédio, na noite antes do... *delito*. E depois de o livro passar pela verificação da Ariadne, você ficou a noite inteira lendo ele e fez aquelas anotações depois de conhecer o final da história.

— Algumas, eu fiz até antes de ler o final. Lia e já adivinhava o que ia dar mais na frente.

— Você é das boas.

— Não, sou das melhores! Somos. Eu e você.

— E cancelou as outras reservas para o livro, no computador da Biblioteca. Apagou o nome de todo mundo que iria recebê-lo emprestado antes de você. Depois, sabotou as câmeras, programou um *apagão*, para não ficar registrado que você *não* rabiscou o livro enquanto estava na mesa do salão da Biblioteca...

— Está indo muito bem, MP!

— Daí, no dia...

— Cheguei sonada na Biblioteca, depois da noite em claro, e... ah, sim... enfiei a caneta hidrocor no bolso da dona Ariadne, exatamente como você imaginou. Só saiu errado porque pensei que o pessoal da lavanderia fosse achar. Mas eles nem examinaram os bolsos, e no final deu na mesma. Você gostou desse lance?

— Adorei! Simples, óbvio, e por isso ninguém notou na hora. Mas você correu um risco danado, garota. Uma aposta e tanto, puxa! Muito bem bolada! Você sabe que nos policiais o suspeito que logo fica em evidência nunca é o culpado. O tempo todo você contou como funciona a cabeça das pessoas que iam ficar interessadas no crime, além de mim. Todos leitores de policiais!

— Leitores, mas...

— Não *superleitores*! Mesmo assim, foi um lance de risco. Vários, aliás! As invasões da noite anterior à assembleia do Clube eram mensagens para mim, não eram?

— Eu sabia que você logo ia farejar que eram jogadas para despistar, e nem ia se importar com elas. Mas ia entender que só alguém que conhece bem o jogo faria um lance desses.

— Ágata-Maria! — exclamou Marco Polo, fingindo-se de ofendido. — Eu já tinha entendido.

— Eu sei... — A garota sorriu, um sorriso cheio de mensagens secretas... — Não podia ser *coincidência*, não é?

— Não — respondeu Marco Polo, sorrindo quase da mesma maneira, cúmplice, na tela. — Você sabe! Coincidência...

— ... Nunca! — Ágata sorriu também, depois prosseguiu: — Mas eu tinha outro objetivo também... complicar ainda mais essa história toda, bem na véspera da assembleia do Clube Diógenes! Queria que eles estivessem perdidinhos, na hora, sem conseguir juntar nada com nada, indo cada um para um lado... Bem enquanto decidiam minha vida.

— Você já tinha decidido... — cobrou Marco Polo.

— Já... — disse a garota, num tom triste. — Mesmo assim, acho que funcionou... um pouco... Tudo ajudou, no final. Eu sabia que eles iam empacar, um beco sem saída, só podia ser eu, tudo apontando para mim, mas, ao mesmo tempo, tudo também, até mesmo o tipo de crime dizendo que não poderia ser eu... Sabia que rapidinho iam chamar um detetive superespecial... e que você, no final, se a coisa apertasse... você dava até um jeito de me salvar.

— Sabe, Ágata-Maria... Aquilo que Sherlock Holmes disse uma vez, que era uma sorte para a sociedade que ele não fosse um criminoso?... Você tem de se tornar uma detetive, ou vai ser uma *femme fatale* perigosíssima, mais do que qualquer uma da ficção policial... — A garota sorriu, envaidecida. Entre eles, tratava-se de um cumprimento e tanto.

— Tá entendendo por que eu não posso mais ser a presidente do Clube Diógenes? — disse ela. — Depois do que eu fiz, contra um livro *policial*, nem posso mais continuar sócia no Clube.

— Tem gente que não ia agir assim. Oficialmente, você é inocente. E adora o Clube.

— Mas eu não sou inocente! Não é direito.

— Agora, a pergunta... Por quê?

A garota emitiu um soluço.

— Por que, Ágata-Maria? Quer dizer, você quis me atrair, eu já sei disso. Mas... por quê?

— Precisa perguntar?

Três segundos de silêncio, e o garoto respondeu:

— Eu não posso, Ágata-Maria.

Outro soluço, e ela falou quase implorando.

— Você fez a mesma coisa comigo, não foi, MP? Deixou pistas para eu farejar você... Você queria que eu adivinhasse...! E você sabe a meleca pela qual eu estou passando. Meu pai. Você sabe... Eu tô precisando do meu amigo querido. Do meu... — ela engasgou. — Nada de porcaria virtual. Nada de droga on-line. Eu preciso de um abraço seu, cara. Como quando a gente se via, todo dia, na pracinha, na rua. Preciso de você pra me abraçar. Pra me guardar!

Outra pausa

— Eu posso... — foi dizendo, hesitante, Marco Polo, no outro lado da linha — ... soltar seu pai

— Hem?

— Posso invadir os computadores certos e fazer todo o processo desaparecer. Ou então, simplesmente expedir uma ordem de soltura e, quando perceberem, ele já vai estar fora do mapa. Você... queria me pedir isso também, não queria?

Pausa. Ágata-Maria pensa. Depois, toma coragem e responde...

— Queria, sim... Quis. Era meu segredo! E eu nem sei tudo que você *pode* fazer. — Se era uma pergunta, Marco Polo não respondeu... Depois de um momento, ela murmurou: — Não

— Não?

— Não.

— Tem certeza?

— Não tenho certeza de porcaria nenhuma... — ela disse... — Mas, mesmo assim, não. Deixa essa história do meu pai! — Pausa: — MP...!

— O que foi?

— Não acha perigoso você ter tanto poder assim? É que eu tenho medo que você vire... sei lá.

— Eu também não sei o que eu virei.

— Você não vai vir até aqui, não é? Nunca esteve... por perto, não de verdade.

— Não

— Mas isso que você virou tem um lado legal, não tem? Um lado... muito legal? Tem de ter.

— Tem... É que não é tudo...

— Falta o quê?

Marco Polo engasgou, não respondeu. E Ágata-Maria sorriu. Um sorriso triste, e ainda com o rosto molhado — nem por um instante ela havia parado de chorar de mansinho.

— Tchau! — disse o garoto, no celular.

— Tchau — ela respondeu.

E Marco Polo acenou, pensando, sobressaltado: "Ela sabe. A danada... Ela já sabe *mesmo* de tudo!"

Logo, enquanto a noite caía, Ágata-Maria pedalava para casa. Os zumbidos das câmeras de rua acompanhavam a sua passagem, e numa sala na penumbra, a imagem dela ampliada agora, num plasma enorme e multiplicada em dezenas de telões, um garoto de 15 anos sentia o coração se apertar a cada vez que ela se distanciava de uma daquelas câmeras, como se fossem inúmeras despedidas.

16

TEM DEMÔNIOS NOS OLHANDO

Como no pesadelo de Japp, as gárgulas a cercavam.
E ela sentia que elas estavam vivas, querendo lhe dizer alguma coisa.

Subira até a amurada daquele setor central do Gabinete de Leitura porque não havia mais ninguém ali. Podia se descabelar, podia berrar de raiva e de frustração, podia até arriar no chão, corpo largado, mãos na cabeça, e chorar feito uma maluca.

E se Oliver aparecesse, se a visse desse jeito, ela o mataria. Jurou isso para si mesma. Sacava sua pistola e descarregava o pente nele. Vinte e cinco balaços.
Fazia três dias que dava buscas no Gabinete, à toa. Percebia os olhares dos outros detetives que havia convocado para ajudá-la na tarefa, misturando exaustão e deboche. E nem uma pista, nenhuma. Nada que lhe permitisse descobrir como uma pessoa podia ser retirada do mundo, receber uma injeção no crânio e ser devolvida, morta, para o mesmo lugar, sem deixar rastros e sem que ninguém visse coisa alguma...

No entanto, ela *sabia*, daquele seu jeito de saber, que já havia esbarrado com a solução do mistério. Sabia que algo, dentro dela, já tinha decifrado tudo. Só faltava... O que faltava?

E foi aí, quando já não aguentava mais beber café, quando estava quase explodindo na frente de todo mundo, que lhe ocorrreu a necessidade de ficar sozinha alguns instantes, e que o lugar para isso seria a muralha do setor central da mansão. Com suas gárgulas, seus demônios.

Talvez, afinal, eles é que tivessem matado todas aquelas pessoas. Nem Augusto Dupino, nem a filha dele, nem Berto Dupino, o pamonha do Schnauzer, como Oliver o chamava. Talvez tivessem sido aquelas estátuas. Ou elas, quem sabe, poderiam lhe revelar alguma coisa. Afinal, que melhores testemunhas poderia encontrar? Os demônios de pedra estavam ali, naquele mesmo lugar, um século antes, quando esse maldito caso havia começado, com a morte do velho Dupino e o primeiro assassinato.

Algo a estava incomodando. E subitamente se deu conta do que era. Não conseguia perambular por ali sem ter a sensação de que as gárgulas, todos elas, a olhavam de rabo de olho, e cochichavam algo que ela *deveria* estar escutando.

"Você está é ficando pirada, Vera."

Mas a sensação continuava. Num segmento interno da murada, havia uma cena particularmente curiosa. Uma imensa gárgula erguia-se como se fosse a chefe-demônio, e a seus pés havia uma multidão de outras, muito menores, como se tentassem escalá-la ou derrubá-la. Observando com atenção, Vera se deu conta de que, pelo traçado da amurada, aquela gárgula não só era a maior de todas, como estava numa posição central em relação às demais, que, com seu olhar enviesado, pareciam olhar para ela pelo rabo do olho. Algumas, as que estavam debruçadas na amurada, até mesmo a indicavam, com um gesto sutil.

No entanto, nada daquilo respondia às perguntas que a detetive se fazia freneticamente. E no entanto, novamente aquela angústia se expandindo logo abaixo de seu diafragma, e espalhando-se para a parte baixa do seu ventre, lhe dizia que a resposta estava ali, dentro dela, que já cruzara algumas vezes a sua cabeça e que ela a vira sem a enxergar, sem reconhecer a sua importância.

Começava a anoitecer. A tenente enfim soltou um suspiro, deteve-se e dirigiu-se para as escadarias de pedra que, três lances abaixo, davam num vestíbulo e dali no salão principal do Gabinete de Leitura. Sabia que a qualquer momento seu chefe lhe daria ordens para suspender as buscas e comentaria: "Talvez você esteja seguindo um palpite equivocado, Japp. Vamos começar de novo, checando as pistas. As pistas *materiais*."

"E eu vou responder o quê? Que tenho certeza de que não estou enganada? Certeza como? No entanto, aquele pilantra do Berto Dupino, parecia até que ele estava doido para me contar como faz a coisa toda... Parecia mesmo que achava que ia me derreter com a esperteza dele, se contasse, que eu ia..."

Então, deu um murro na parede de pedra do vestíbulo: "Chega, Japp. É verdade, seus colegas, o chefe... Eles podem ter razão sim. Pode ser um tremendo de um engano, e aquele idiota *é* somente o que parece ser... Um idiota. Nada mais. Nada por trás, nada disfarçado. Um idiota. O resto é a sua imaginação!"

Quando entrou de novo no salão do Gabinete, já se resolvera, ela própria, a dar ordens para suspenderem as buscas e irem embora. Não havia nada a ser encontrado ali. Nada de passagens secretas, nada de túneis cuja entrada ninguém via...

Mesmo assim, tirou do bolso a lista de assassinatos, desde 1909, e passou os olhos pelo papel mais uma vez. Ao lado, havia uma coluna com a lista dos desaparecimentos. A coincidência, se é que isso queria dizer alguma coisa, era que a cada assassinato ou sequência de assassinatos correspondia um *desaparecimento*. Não havia uma coisa sem a outra. Houve a primeira vítima, no ano da morte de Dupino, 1909, e no mesmo dia um desaparecimento, uma frequentadora, chamada Mary Miller. Nove anos depois, mais quatro assassinatos e, entre o penúltimo e o último, um desaparecimento, desta vez um estudante universitário, Archibald Pyne. Nas duas ocasiões, o nome da pessoa ficou registrado na ficha que todo frequentador deveria preencher ao entrar, sendo registrada a hora de chegada e de saída. As fichas eram colecionadas, na recepção, e conferidas ao final do dia. Ninguém, a não ser os funcionários, entrava sem preencher fichas.

Mas havia desaparecimentos também de funcionários, como o de Liu Chan, ajudante de bibliotecária, na sequência de três mortes, nos anos 1940. E Madge-Tuppence Harrogate, nos anos 1950. Houve uma outra série de assassinatos na metade da década de 1960, assim como o desaparecimento de Max Westmacott. Finalmente, a última série, já quase no final dos anos 1980. Foi a maior de todas, cinco assassinatos, acompanhados do desaparecimento de Albert Finney.

A pesquisadora que desaparecera dias antes, acompanhando os três últimos assassinatos, se chamava Nicoletta Buckley.

"E daí?", resmungou Japp, enfiando a lista num bolsinho de sua calça e entrando de vez no salão. "Detesto esses casos em que a gente fica com tantos nomes na frente que já nem se lembra mais quem é quem!"

Naquela hora, a frequência do Gabinete de Leitura começava a mudar — era quando os esquisitos, os que não saíam à luz do dia, chegavam, e talvez alguns fossem passar ali, nas mesas, a maior parte da noite. Ou pelo menos, a parte segura da noite, até a hora em que haveria tempo ainda para retornar a suas tocas, antes do amanhecer. Os funcionários continuavam circulando laboriosamente, atendendo a todos. E também circulavam sem cessar os enormes carrinhos de madeira de lei, os mesmos que há mais de um século levavam os livros pedidos nos balcões até as mesas e retiravam os volumes que os usuários deveriam deixar, também, sobre as mesas, depois de lidos, levando-os de volta ou às estantes à vista ou às salas reservadas, onde alguns dormiam por décadas, antes de serem chamados de novo e consultados. Ainda não havia sido escolhido um novo diretor para substituir Pfaall, mas parecia que o gabinete e seu público não se ressentiam da violência que espreitava a todos, como olhos de demônios incrustados nas paredes como os nós de madeira.

Japp olhava todo o teatro se desenrolando à sua volta, pensando que aquele cenário estava ali havia mais de um século, e que pouca coisa havia mudado.

E era exatamente isso que ela estava procurando...
Algo que, desde o primeiro assassinato, estivera ali...
Que talvez tivesse tido uma função na trama do crime...
Algo que todos viam, mas não enxergavam...
O que pode ser...?

(O perpetrador — que já sabemos tratar-se de Ágata-Maria — anota aqui: "Ver e não enxergar. Esse é o mal das pessoas não detetives, o que as impede de reconhecer uma pista crucial que desfila na cara delas. O detetive Auguste Dupin, de Edgar Allan Poe — talvez o primeiro dos detetives superinteligentes, assim como Poe é o fundador da literatura policial —, decifrou mistérios enxergando o que todos os demais somente viam. E se não enxergavam era porque se tratava de algo que não estava deslocado da cena, que, pelo contrário, fazia parte dela, e era mais do que natural que estivesse ali. Tão natural que sua presença não era notada. O que Japp vai ter logo a seguir é portanto um insight, uma sacação, uma visão, assim como vivia acontecendo a Miss Marple. Já Dupin e Holmes enxergavam, mas não como um raio de inspiração, e sim como resultado de seu olhar treinado, que nada perdia, tal como o de Poirot.")

Talvez, por ainda estar impressionada com o bando de gárgulas das muralhas, o que Japp tinha agora diante de si não era o Gabinete de hoje, mas o do começo do século. Imaginava as pessoas, as roupas, os funcionários, os carrinhos com os livros, empurrados pelos ajudantes, as estantes, as mesas... Tudo como se tivesse sido transportada para o passado.

E de repente ela gritou:

— Oliver!

E toda a cena se apagou, Japp retornou ao presente. Todas as pessoas no salão haviam parado estateladas pelo berro, voltando-se para ela, mas Japp não se importava com isso. Continuava a berrar:

— Sargento! Traga o pamonha! E algemado, por gentileza! Já sei qual foi o truque!

17

NICOLETTA BUCKLEY

(A perpetradora ataca: "Nome falso, é claro. Tirado de um personagem de Agatha Christie, *A Casa do Penhasco* — uma das novelas em que a *Rainha do Crime* quebra as regras e surpreende seus leitores. Às vezes ela fazia isso; na verdade, não quebrava as regras, as regras do desafio entre autor e leitor não podem ser ignoradas, ou a novela perde a graça. Mas Agatha Christie — tendo fãs que liam todos os seus livros e que, muitos deles, por causa dela, eram ou haviam se tornado superleitores de *policiais* — às vezes forçava seus enredos até o extremo, o limite mais ousado dessas regras, quase atravessando a fronteira, para oferecer aos seus fãs uma solução para os mistérios que seria impensável, inusitada, fora de todos os padrões. Fez isso algumas vezes, nessa arte da dissimulação de fazer ver o que ali não está e não ver o que está *bem* ali, que torna a literatura policial a mais exigente das literaturas, em termos de técnica de construção do enredo. A fórmula, sim, há uma fórmula, e é bem simples: *Nada nas mangas, nada nas mãos, e ... Abracadabra!* **No fundo, tudo é magia! E agora, vamos ao capítulo..."**)

Caroline Sheppard é um personagem que até agora não havia aparecido nesta história. Portanto, não deveria também surgir no final, com a tenente Japp apontando o dedo para ela e dizendo: "Aqui está a culpada." No entanto, Caroline Sheppard já estava algemada num salão junto ao salão principal do Gabinete, e guardada por duas policiais, quando Berto Dupino chegou, trazido pelo sargento Oliver. O dono do Schnauzer já não parecia tão sorridente.

— Só assim eu fico conhecendo esta casa mal-assombrada, tenente — resmungou Dupino.

— Ora, Berto, meu nome é Vera, lembra-se?

Berto Dupino tentou sorrir seu costumeiro sorriso sedutor, mas saiu meio aguado.

— Bem, a que devo o prazer de revê-la... *Vera*?

— Mas eu tenho certeza de que você esperava por isso. Não marcamos um jantar?

— Na verdade, ainda não tínhamos *marcado*. Quer dizer que você mandou seu sargento me agarrar dentro de casa e me arrastar até o outro lado da cidade para sairmos juntos? Ele vai também?

Oliver grunhiu qualquer coisa. Mas, agora, havia um sorriso satisfeito no rosto do sargento. Depois de uma ou duas cutucadas da tenente, ele via agora o salão, e *enxergava* perfeitamente como o crime havia sido cometido. Era tão óbvio, tão simples, que ele chegou a se chamar de idiota várias vezes, por não ter pensado nisso logo. Que a tenente, sempre em busca de soluções mirabolantes, não tivesse percebido de cara, ainda vai; mas Oliver estava zangado consigo mesmo — o pão, pão, queijo, queijo era seu departamento. Resolveu colocar mais esta raiva na conta de Berto Dupino, e a cobrou apertando ao máximo as algemas em torno dos pulsos dele.

— As gárgulas aqui do teto têm um olhar safado, sabia, Berto? — disse a tenente, com a mais sedutora (maldosamente sedutora, agora) das vozes.

— Não, não sabia.

— E também falam. Falam um bocado. A gente às vezes é que não escuta. Sabia disso, então?

— Eu já lhe disse que jamais estive aqui, tenente.

(A perpetradora do assassinato do livro policial comenta: "Algo mais deve ser dito sobre a tenente Japp, para você, fino leitor, não se surpreender — Oh, desculpe, a surpresa deveria ser o *tchan* desta cena, não é mesmo? —, caso ainda não a conheça de *assassinatos* anteriores... Japp adora sapatear em cima do culpado, na hora em que reúne todos os trunfos na mão para acusar o cara, ou a sujeita, conforme o caso. Isso, ela gosta de tripudiar, humilhar, fazer o assassino se sentir lagartixa esmagada por chinelo velho em parede descascada... Gozado isso, né? Ela sente uma certa raiva de criminosos... Assim como o crime em si a deixa vidrada, babando, em... êxtase? Que palavra, hem? E que moça esquisita, né? Mas esta é a nossa Japp. E a hora de desmascarar — no caso cara a cara, sem trocadilhos — o criminoso é o seu momento de glória. Vejam só se não tenho razão...")

— Sim, e é verdade — diz Japp, fazendo biquinho de ingênua para Dupino. — Eu acredito em você. Jamais esteve neste Gabinete de Leitura. E provavelmente, nem nesta rua. Nem neste bairro, se bobear!
— Então...?
— Assim como nenhum Dupino, desde a filha do velho Augusto, Frances-Elsie, esteve aqui no Gabinete. Não depois da morte do velho. Mas a razão disso você sabe, não é? E eu já adivinhei.
— Se já sabe a informação que queria de mim, por que mandou seu cachorrão me trazer até aqui?
Oliver soltou um rosnado baixo.
— Não deboche de nosso convidado, sargento. Aposto como foi um juramento de família. Todos os descendentes de Frances-Elsie, ao receber a revelação do *segredo*, deviam jurar também jamais entrar aqui, é isso? Resistiriam à tentação de conhecer o cenário da razão de suas vidas, para afastar todas as surpresas. Que coisa! E que macabro! Quanto ódio, rancor, quanta... Vocês odiavam este lugar, que para vocês era o símbolo de tudo o que achavam que o velho Dupino tirara de vocês. Ao mesmo tempo, havia uma preciosa parte do segredo que mantinha vocês ligados ao Gabinete. Uau, o que acha, sargento? Gente doida, hem? — Oliver balançou a cabeça e fez *tsc-tsc* reprovadoramente. — Bem, vamos encurtar a coisa toda. Berto, olhe em volta. Diga-me o que *vê*...
— Como?

— Diga-me o que vê... aqui, ao nosso redor, neste salão.

— Ora, nada de mais. Bem, um bocado de gente esquisita nas mesas, lendo...

— Sim, o que mais?

— Livros. Tantos livros que me dão náusea.

— Imagino que isso seja verdade para você. Eu gosto do ambiente. O que mais?

— Funcionários, estantes, mesas... Ora! Do que você está falando? Aqui não tem nada de mais. Tudo o que a gente encontra num lugar como este, o que mais?

Vera riu, diante do nervosismo de Berto.

— Você já sabe do que estamos falando, não sabe? Está esquecendo o principal de propósito — disse a tenente, com os lábios agora quase colados na orelha de Dupino.

Berto olhou para trás e fez menção de saltar de lado, provavelmente pensando em tentar escapar correndo. Mas a mão do sargento Oliver baixou sobre seu ombro esquerdo como uma garra, espremendo-o. Berto fechou os olhos. Não tanto pela dor no ombro, mas porque sentiu que estava perdido.

A tenente fez um sinal para uma policial de guarda numa porta, a policial abriu a porta, e uma moça bonita, jovem, loura, com um rosto iluminado por covinhas, foi trazida algemada. Na verdade, seu rosto não estava tão iluminado agora, e a moça e Berto Dupino mal trocaram olhares.

— Esta é... Ora, é claro que você conhece sua namorada, Caroline Sheppard. Ela, que frequentou o Gabinete nos últimos três meses disfarçada de pesquisadora usando o nome de Nicoletta Buckley. E que, quando ninguém estava prestando atenção, ia ao vestiário e saía de lá vestida num uniforme de ajudante de bibliotecária. Daí, voltava para o salão principal e abria de novo, depois de mais de vinte anos, um compartimento, um armário oculto pelos painéis de madeira da parede, que só a sua família conhecia, até agora. Algo que provavelmente Frances-Elsie descobriu em suas excursões, ainda em criança, brincando sozinha por aí. Do compartimento, Caroline/Nicoletta tirava um carrinho de transporte de livros, guardado lá todo esse tempo, um carrinho como os que você se esqueceu, agora há pouco, de mencionar. Mas não era um carrinho comum, como os demais. Era um carrinho que, ou muito me engano, ou a própria Frances-Elsie mandou fabricar, em tudo igual aos outros, da mesma madeira e fechado embaixo, onde deveria haver prateleiras para mais livros, além dos que ficam no topo. Um carrinho de transporte de livros, como os demais que viviam de um lado para outro, empurrados por ajudantes de bibliotecários. Quem ia desconfiar de mais um carrinho entre todos os outros daqui? Mesmo que se aproximasse de mim, por trás? Mesmo que parasse? Mas esse carrinho, em especial, não tinha prateleiras nessa parte de baixo onde era fechado. Daí, bem... o que acontecia?

Berto lançou um olhar sobre a tenente, e depois sobre a moça, que se encolheu mais ainda.

— Sim, ela já confessou tudo, quando a pegamos. Não foi tão difícil assim, já que você a deixou aqui, circulando, pronta para entrar em ação mais uma vez. Planejava matar mais alguém, Berto? Quem?

— Por que não adivinha, tenente?

Japp sentiu um calafrio. Mas continuou.

— Bem, fui ver direto o que Frances-Elsie estudou na Europa. A filha do velho Dupino se especializou em venenos orgânicos e outras coisas semelhantes. Ela era perita da polícia, para analisar casos como... Mas que coincidência. Justamente casos como os que envolveram o Gabinete Dupino. Só que ela nunca retornou aos EUA. Tinha uma cúmplice, que veio para cá e seguiu suas instruções: procurar o tesouro, logo após a morte de Dupino. Mas surgiu o medo de que a bibliotecária-chefe estivesse desconfiando, ou que soubesse de alguma coisa. E essa cúmplice cuidou disso também, com a orientação de Frances-Elsie. Tudo deu tão certo que se iniciou ali a tradição. E foi assim que nossa Nicoletta aqui fez a parte suja da coisa por você. Ela se aproximava da vítima, quando ninguém estava olhando, e lhe aplicava, primeiro, uma picada. Como se fosse uma aranha, uma vespa, uma pequena agulha embebida em algum veneno... de algum aracnídeo raro, talvez... agora que já sabemos que temos de procurar, podemos identificá-lo nos corpos das vítimas e... ah, sim, Nicoletta nos entregou o que ainda tinha do veneno e suas agulhinhas espertas. Nada como uma boa prova *material*, não acha? Talvez o veneno seja desses que o organismo logo absorve, que desaparece logo. Ou algo desconhecido até hoje, descoberto por Frances-Elsie. Sabia que ela viajou o mundo inteiro, com o dinheiro do velho? Estudando venenos e suas aplicações. Bom, continuando... Essa primeira picada servia apenas para estontear. Mas, provavelmente, deixava a vítima depois em torpor, ou mesmo paralisada. Vamos descobrir isso tudo depois. Temos excelentes laboratórios na polícia, Berto. Mesmo que seja uma droga desconhecida, logo vamos saber tudo sobre ela. Bem, essa picada já era aplicada na cabeça da vítima. Ficava escondida pelo couro cabeludo, pelos cabelos. Puxa... Será que alguma das vítimas de vocês era totalmente careca? Ia ser um problema, não é? Todo o esquema ia falhar, se ficasse uma marca.

— Nunca falhou em um século! — grunhiu Berto.

— Até agora... Um segredo passado de geração para geração nessa família na qual sempre havia um membro que ou perdera o que tinha no jogo, ou que nunca conseguira fazer coisa nenhuma que prestasse, e sofria de crônicas e intermináveis dificuldades financeiras, como você. Já sabemos de tudo. Daí, o parente que guardava o segredo até então o escolhia. E lhe contava a tal história. Dava ao fracassado alguém a quem culpar, dizia que ele ou ela seria muito rico, se o velho Dupino tivesse agido direito. Então, conforme a receptividade, tudo era decidido. Assim o segredo, o método de matar que nunca falhara, que nunca fora decifrado pela polícia, era passado para a geração seguinte mais uma vez. E também o veneno descoberto por Frances-Elsie. E o truque do potássio...

Os olhos de Berto Dupino pareceram se avermelhar, injetados de sangue, e se tornaram tão amendoados e malignos quanto os das gárgulas das muralhas da mansão.

— Potássio, injetado na pessoa desacordada. Também na cabeça. Minha legista, a Gutta ... você vai conhecê-la no julgamento, Berto, ela vai testemunhar contra você... O primeiro veneno permitia alguns minutos apenas para o assassino ou a assassina trabalhar. A vítima era enfiada na parte oca do carrinho especial, o carrinho das mortes. O assassino precisava de mais tempo, então. Talvez a levasse de volta ao esconderijo de vocês, onde lhe dava a injeção de potássio, mas sem tirar do carrinho. Era lá, fechada, que a vítima acordava, sem poder reagir, ainda paralisada. Sentia o coração começar a se contrair, a parar de bater, sentia a dor, o desespero, a falta de ar... Não admira a expressão de horror no rosto dos cadáveres. Algumas horas depois, o carrinho passava de novo, o corpo era descarregado onde quer que vocês tivessem determinado, sempre um setor distante do centro do salão, oculto entre as estantes, e o assassino ou a assassina às vezes soltava um berro, para chamar a atenção. O corpo era encontrado, sempre, com o horror de seus momentos finais estampado no rosto enrijecido. Esqueci alguma coisa, Berto? Ah, sim, o tesouro!

Berto arregalou os olhos.

— Surpresa! Surpresa! Menos de uma semana de buscas e achei o tesouro que você e sua linhagem de assassinos podres de ódio procuraram por mais de um século. Puxa, Berto, essa incompetência de vocês é mal de família, hem?

— Vá para...

— Não vou, não, Berto. Agora escute só... Eu não disse a você que as gárgulas lá de cima olham de um jeito estranho? E que cochicham o tempo todo, que falam com a gente? Até apontam, quer dizer, todas as que apontam indicam a gárgula maior, a que está no centro da muralha. É ela que guardava o tesouro, sabia? A estátua é oca. Mas já retiramos o tesouro..

— O que... o que...? — gaguejou Berto.

— O que é o *tesouro*? O famoso tesouro que motivou toda essa sua tradição medonha? Um século de rancor? Você não sabe! — exclamou vivamente a tenente. — Bem, eu imaginei mesmo que não soubesse. Nem ninguém da sua família nunca soube.

— Vocês são muito pirados, mesmo, hem? Que família! — recriminou, debochado, o sargento, cochichando no ouvido de Berto Dupino, que se arrepiou como se uma barata entrasse pelo seu colarinho.

— Ah, sargento, não exagera com ele. Berto já está arrasado o bastante, não está? Além disso, um pouco da culpa deve ter sido do velho Dupino. Ele deve ter falado no assunto para a filha. Talvez de passagem, talvez de brincadeira. Ou vezes e vezes sem conta para provocá-la, quem sabe? Foi o bastante. Mencionava um tesouro que escondera no Gabinete, sem jamais dizer do que se tratava. Daí, vocês passaram esse tempo todo procurando. Bem, essa é a boa notícia. Eu o encontrei. E adivinhe só o que é? Um livro!

— Um... um... livro! Não, não, não! Não pode ser! — berrou Berto Dupino com voz enrouquecida de repente. — Um... Não! Aquele desgraçado! Ele... mil vezes morto é pouco para ele. Mil vezes no inferno é pouco. Um livro!

Num relance, Vera viu ali, na figura transtornada em que momentaneamente Berto Dupino se transformara, a alma de todos os assassinos que o precederam, desde Frances-Elsie, a menina que cresceu ali, naquele Gabinete de Leitura. E o que enlouquecera a menina? O que a transformara naquela máscara de ódio dissimulada, que durara tanto, e com tanto poder de contaminação, a ponto de a tenente a enxergar agora em Berto Dupino?

Vera por instantes se perdeu de novo em elucubrações. Talvez a mãe de Frances-Elsie tivesse tido algo a ver com a história. Não havia nenhuma informação dessa mãe. Quem era? Onde se metera? Seria uma mãe que nunca estivera ao lado de Dupino? Teria fugido do casamento? Abandonado ele e a filha? Talvez Dupino, na vida familiar, não fosse uma pessoa tão interessante assim, e a mulher tenha ido procurar coisa melhor. E talvez Dupino tenha decidido esconder essa fuga, ele também... por amor, ainda? Amor à esposa que o abandonou? E nunca deu explicações à filha sobre o desaparecimento dela? Ou será que jamais conseguiu falar no assunto? Seria por mágoa? E como Frances-Elsie decidiu que o culpado, até mesmo pela fuga da mãe, eram os livros de Dupino? Talvez algo que escutou numa briga entre os dois? Na última briga, antes de ela fugir... "Você e seus malditos livros, enquanto eu quero sair, viajar, me divertir..." Teria Frances-Elsie então sonhado desde pequena destruir tudo aquilo, de vingança contra o velho, quando o Gabinete fosse dela? Ou para atrair a mãe de volta, para agradar a ela? Mas o velho pressentira algo, e salvara seus queridos livros, seu amado Gabinete, doando-o à cidade.

— Um livro precioso — disse a tenente, afugentando o devaneio, que na prática não demorara mais de três segundos, atravessando sua mente, com mistérios que ela sabia que não teria como desvendar. — Na verdade, um original, que vai se tornar um livro bem depressa. De autoria de... adivinhe. Augusto Dupino. São as memórias dele. Dupino escreve longamente sobre Frances-Elsie na Introdução. Diz que a amava muito, ao seu jeito esquisito, mas que sua grande paixão eram os livros, o Gabinete, suas leituras. Conta que não havia mistérios em sua vida. Ganhou dinheiro comerciando livros raros e veio para cá. Mas divertia-se em assumir uma identidade excêntrica para o público. O livro são principalmente suas memórias como leitor. Sabe como é, os livros de que mais gostou, comentários... Dupino sabia que sua autobiografia ia estourar. Virar best seller! Mas como tudo em sua vida, não fez a coisa da maneira mais óbvia, que seria entregar a um editor e pronto. Preferiu criar um enigma a ser decifrado... A história do tesouro, a Gárgula... Mas disso você já sabe. Minha nossa, o livro vai fazer um tremendo sucesso. Ainda mais com toda a propaganda, os assassinatos que vocês cometeram, a mídia em cima de toda a trama, uma família de homicidas pirados, sabe como é... E Dupino deixou os direitos autorais, num testamento junto dos originais... não para seus descendentes, é claro, mas para o Gabinete!

Berto Dupino estava sem fala, apenas balançava a cabeça como se o que a tenente dizia não pudesse ser verdade. Como, realmente, poderia acreditar que, por causa de um livro escrito pelo velho que tanto odiaram, essa história começara e durara tanto tempo, obcecando sua vida e a de tantos antes dele? Fora tudo então uma trama, uma brincadeira do velho-diabo?

Ao ser carregado para fora pelo sargento, Berto Dupino despertou, afinal, e saiu gritando para sua cúmplice ficar de boca fechada e exigindo um advogado. Quando foi enfiado pelos policiais no veículo que o conduziria à delegacia, já não demonstrava nenhum abatimento. Consigo mesmo, mais uma vez, jurava vingança, mesmo que ainda não soubesse dizer contra quem deveria dirigi-la agora.

Os frequentadores esquisitos do Gabinete não tomaram conhecimento do que estava acontecendo, bem ali no centro do salão. Era como se fosse coisa de um mundo que de fato não lhes dizia respeito — um outro lugar qualquer. Já eram mais de onze da noite quando Japp e Oliver entraram no carro. Oliver estava com uma expressão de raiva comprimida.

— Diga logo, sargento — falou a tenente. Mas não era uma ordem, mais um pedido, e dito em voz mansa.

— Você tirou essa história da família Dupino, o juramento, a herança de ódio, tudo, praticamente do nada, não foi?

— Eu sou assim, sargento... E acertei, não acertei...? — Uma pausa, ela o olha. — Mas não é isso que está perturbando você.

— Não... Você sabe quem o canalha havia mandado assassinar, não sabe? A próxima vítima você sabe quem seria...

— Claro. Seria eu. Ele mandou a cúmplice me matar.

O sargento respirou fundo, tentando se controlar. A vontade era de dar partida no carro e sair atrás da viatura que havia levado Berto Dupino e sua cúmplice para a delegacia.

— E era o que a Nicoletta ia fazer. Talvez esta noite, se tivesse oportunidade... — continuou a tenente. — Pela mesma razão que matou todas essas pessoas e que levou os parentes de Berto a cometer tantos assassinatos. Porque achavam que a vítima em questão estava perto de descobrir algo, de desvendar o mistério, de encontrar o tesouro... qualquer coisa assim. Uma suspeita, uma simples suspeita, e já era o bastante. De certo modo, mantinham o Gabinete sob vigilância, havia sempre um cúmplice presente, sob um disfarce qualquer, que tinha a missão de procurar o tesouro e prestar atenção a tudo o mais. Alguém que assumia uma identidade falsa e que desaparecia, depois que o crime era cometido. Creio que talvez a gente vá descobrir que essa moça, a Buckley, já esteve aqui, com outros disfarces. E que talvez o falecido Ovo Fedido, perdão, digo, o falecido diretor do Gabinete, Hans Pfaall, tenha desconfiado da tal pesquisadora, afinal, e saído à procura de indícios. Ou pode ter esbarrado com a Buckley disfarçada de funcionária, e algo no olhar dele, algo de que pode nem mesmo ter se dado conta, o condenou. Mas isso não importa agora. Vamos descobrir tudo e os criminosos vão ser condenados. Acabaram-se os assassinatos do gabinete Dupino. Um caso de cem anos, e nós o resolvemos esta noite. Fim do mistério!

(E a perpetradora do assassinato de *Assassinatos na Biblioteca*, Ágata-Maria Malovan, anota: "**Não, fim somente *deste* mistério. Mas falta o outro mistério, antes do *final* do livro. Falta o maior mistério de todos.**" E já quando leu isso pela primeira vez, Marco Polo concluiu para si mesmo: "A danada, ela sabe de tudo." Ninguém mais se deu conta daquilo a que esta anotação se referia. Ninguém, a não ser Marco Polo. Antes mesmo de chegar a essa página, ele não tinha dúvidas de quem assassinara o livro de Raven Hastings e tudo o mais... Mas aquela anotação cifrada o surpreendera. Era mais como uma mensagem com endereço certo, deixada pela garota. Para ele. De fato, faltava o maior de todos os mistérios dessa história.)

18

O GRANDE MISTÉRIO

Um bom mistério não pode ser nem simples demais, nem complicado demais. Nem o leitor pode achar que, afinal, não valia a pena tanta história para uma tramazinha tão óbvia, nem ficar batendo cabeça num excesso de voltas e detalhes.

RAVEN HASTINGS,
em entrevista a ser veiculada pela Internet
por ocasião de seu próximo policial,
ainda inédito.

Quando eu tinha 4 anos de idade, meus pais, mais de brincadeira que por qualquer outro motivo — mas também porque já tinham estranhado qualquer coisa aqui, outra ali —, preencheram, na Internet, um teste que bem podia ser de uma revista de banca de jornais, do tipo *Tudo em Família* ou *Meu Filho, meu Sonho*. Era um artigo chamado "Teste a inteligência do seu maior tesouro neste mundo", para crianças de até 5 anos. Umas perguntinhas, umas respostinhas que eu dei, e um brinde de um tal Instituto sei-lá-do-quê deveria chegar em três dias.

Eles foram levados a acreditar que o brinde seria um caderninho com um coelhinho na capa, algo assim...

Três dias depois bateu à nossa porta uma dupla sinistra. Nada a ver com coelhinhos.

Apresentaram-se como cientistas e fizeram a oferta. Queriam nos levar para o exterior. Ofereceram uma Caverna-Ali-Babá de dinheiro a meus pais. E disseram que aquilo era só um *adiantamento*. Prometeram que iam me educar nos melhores laboratórios e que eu me tornaria um cientista brilhante, famoso, prêmio Nobel, desses que descobrem passagens para outros universos, curas de doenças etc.

Cumpriram *quase* tudo.

Acontece que a condição era que ninguém soubesse de nosso paradeiro. Nem da viagem. Pelo menos "por enquanto". Foi então que surgiu essa história de que estávamos mudando para a periferia da cidade. E foi também então que o menino de 4 anos que tinha como sonho poder para sempre brincar todos os dias com sua amiga querida, que se chamava Ágata-Maria, e que era feliz, o mais feliz dos meninos, assim, começou a deixar de existir.

Marco Polo deixou de existir ali.

Só que eu nunca esqueci.

Se escrevo que foi *quase tudo* cumprido é porque eles deram aos meus pais mais dinheiro do que haviam prometido, me deram a educação que eu tive, com professores exclusivos incríveis (alguns deles, sim, prêmios Nobel em áreas variadas), providenciaram os recursos que tenho para aprender, pesquisar, criar coisas e ideias.

E, isso, até hoje.

Recursos ilimitados. E quando digo ilimitados, quero dizer que eu posso fazer tudo.

Tudo.

Mas não me tornei somente um supercientista. Nunca ninguém, além da equipe do Instituto, soube que eu existo. Eu não posso ser famoso. Ainda sou o projeto hipersecreto deles. Aliás, eles hoje dizem que na época não imaginaram nem perto do que seria, do que eu era. Do que eu sou. E eu não sei no que foi que eu me tornei. Não sei o que sou, hoje em dia. Nem eles sabem.

Sou um bocado de coisas. Faço muitas e muitas coisas.

E daí, certo dia, voltei a procurar a Ágata-Maria.

Há regras que eu não posso quebrar. Ia pôr até mesmo a vida dela em perigo, se tentasse.

Então, não posso simplesmente abandonar o ninho e voltar para ela, nem posso contar muita coisa. Aliás, não posso contar nada. Mas nunca mais saí de perto dela, nem sequer um minuto.

E acho que a Ágata-Maria já sabe faz tempo que não são as fadas que a seguem, desde criança.

Mas eu queria que *ela* (só *ela* me importa no mundo!) soubesse de alguma coisa, pelo menos. Que pelo menos *imaginasse* por que eu não estou ali, para lhe dar o abraço que ela pediu. Que ela soubesse que não a abandonei, sem mais nem menos, e que se não volto não é porque não tenho vontade.

Nas conversas da gente, um contaminou o outro com essa queda para novelas policiais. Isso, desde bem pirralhos, desde 7 anos, eu acho. A seu modo, ela é bem geninho também. E literatura policial é uma coisa que, quando a gente viu, os dois adoravam, mais uma de tantas e tantas que a gente tem em comum. Então, começa a adorar juntos.

Daí, um dia, resolvi escrever policiais. E sabia que, se caíssem nas mãos da Ágata-Maria, ela ia reconhecer muita coisa. Comentários que a gente trocou, maneiras de pensar, de atacar os mistérios, preferências, autores e livros que a gente admira, e que vão sendo, bem disfarçados, citados aqui e ali: ora o *modus operandi* do crime, ou da sacação de como foi cometido o crime, o nome de um personagem famoso, homenageado num personagem do meu livro policial, enfim...

Mas ia ser perigoso simplesmente dar para ela ler.

Meus policiais precisavam se tornar um sucesso, dar a volta ao mundo e chegar nela.

Inclusive porque só assim ela ia poder imaginar a que ponto a coisa toda chegou.

Por isso inventei o Raven Hastings.

Eu já faço tantas coisas, hoje em dia, sou tantas coisas. Por que não? Gosto do Hastings. Ele vai continuar a escrever policiais. Vai ser minha maneira de dar a Ágata-Maria uma ideia de qual é meu segredo.

Pelo menos, do tamanho e da complicação que é esse tal segredo.

Ela sabe. Assim como sabia que eu ia adivinhar que ela era a culpada do assassinato do *policial*. Sabe, claro que sabe. Ou melhor, adivinha. Mas não pode ter certeza. Feito a Japp. Ou mais radical. Talvez seja dessas coisas que a gente sente, sabe, mas não tem coragem de desfiar inteiramente nem para si mesmo. Porque parece loucura demais. E tem de continuar assim, ela sabendo mais ou menos, apenas. Sabendo, sem poder dizer que sabe, nem em pensamentos. Para a segurança dela, tem de ser assim.

Quando comecei a escrever este livro, era óbvio que nunca ia publicá-lo. Nunca vai existir um livro em que Raven Hastings, esse autor de *policiais* que já é um mistério, conte a história do mistério que envolveu o *assassinato* de um de seus *livros policiais*. Vai ser que nem a autobiografia do Augusto Dupino. Vou esconder. Se alguém achar daqui a muitos anos, não vai saber o que é realidade, o que é ficção.

Minha nossa, eu só tenho 15 anos. Nem acredito. Minha vida é realidade, ou ficção? O que tem de ficção na história da minha vida? Não sei. E na vida de toda a gente? Vai ver, na maioria das vezes, ninguém pode dizer com certeza.

Mas o caso é que sei que ela vai continuar acompanhando os *Assassinatos* escritos por Raven Hastings. E um dia, quando eu puser neles uma *femme fatale* chamada Ágata-Maria, ela vai entender que essa é a senha para avisá-la de que eu já posso vir buscá-la.

Que já estou chegando.

Este livro foi composto na tipologia Classical Garamond,
em corpo 11/16, e impresso em papel off-white 90g/m²
no Sistema Cameron da Divisão Gráfica
da Distribuidora Record.